魚麗之宴

木心作品集

1990年於紐約中央公園

庚戌秋日
偕內人內弟重久及保坂氏媼早出
往看大隅川釣魚
經蓬萊町，出駒入病院前
途漸寂靜，隘但容車
兩旁樹木鬱然，如在山嶺間
經屢忽窮谷邊，出一坡崖上，即是田端
下視田野寥闊，草色尚青，惟牽牛花遍地開
左折循徑而下為大路，夾路溝水潺潺也
約行十丈許，雨忽至，以雨具不足，躊躇久之
叩民田家售雜品，求竹笠，無應者
重久云當冒雨獨行
乃分果餌與之使先去

手跡

編輯弁言

木心的文章總是空襲式的，上世紀八〇年代他的《瓊美卡隨想錄》、《溫莎墓園》、《即興判斷》……曾那樣空襲過台灣不同世代即使最挑剔的讀者。一如葉公好龍，神龍驟臨，讓我們驚駭、感激、困惑、羞慚……像舉手遮眉抬頭望向天際，這些穿透二十世紀的文明劫滅或藝術心靈墮壞的灰色長空，如自在飛花，卻又如旋風如光燄爆炸的詩句，究竟從何而來？

他像是來自遙遠古代的墜落神祇——在某個意義上說，木心的那個世界，那個精緻的、熠熠為光的、愛智的、澹泊卻又為美為精神性叩問而騷亂的世界，在他展開他那淡泊、旖旎的文字卷軸時，早已崩毀覆滅，「世界早已精緻得只等毀滅」——他像一個孤證，像空谷跫音，像一個「原本該如是美麗的文明」之人質。有時悲哀沉思，有時誠懇發脾氣；有時嘿笑如惡童，有時演奏起那絕美故事，銷魂忘我；有時險峻刻誚，有時傷懷綿綿。

我們閱讀木心，他的散文、小說、詩、俳句、札記，如織如梭，難免被他那不可思議廣闊的心靈幅展而顫慄。我們為其全景自由的洞見而激動而豔羨，為其風骨儀態而拜倒而自愧。他是結結實實的懷疑主義者；他博學狡猾如狐狸，冷眼人世，似與老莊、希臘賢哲、魏晉文士、蒙田、尼采、龐德、波赫士……在一穿過人類文明曠野的馬車，蹦跳恣笑、噴煙吐霧；卻又古典柔慈在童年庭園中，以他超前二十世紀之新，將那裏脅著悠緩人情，戰爭離亂，文明劫毀之前的長夜，某些哲人如檻中困獸負手踱室，卻一臉煥然的光景，像煙火燒燎成一個個花團錦簇的夢。

此次印刻出版社推出之「木心作品集」，是目前為止海峽兩岸木心文集最完整之版本，其中《詩經演》一部，應可一慰讀者渴慕之情。哲人已逝，這整套「木心作品集」的面世，對我們，或如漫遊一整座諸神棲止的嘸語森林，一部二十世紀心靈文明墮敗與掙跳，全景幻燈，摺藏隱喻於他翩翩詩句中的整齣《紅樓夢》。

目錄

附錄

這是我「答客問」之類中的某些選篇，觸及的話題雖只限於文學、藝術，因為也自有一番紛繁，故美其名曰「魚麗」——本擬用「魚𩱆之陣」作書名，當然更切合事實和私衷，無奈讀起來不爽口，𩱆字又古奧，還是取「魚麗之宴」吧，如此則原想敘敘人生上的利鈍成敗，結果變成了一場酒酣耳熱的饗宴。

江樓夜談

答香港《中報》月刊記者問

李酈 譔錄

塞尚：「如果我確知我的畫將破壞，我將不再畫畫。」

勃拉克：「如果我確知我的畫將被燒掉，我將拚命地畫。」

我們向坐在沙灘椅上的東方畫家發問：「您呢？木心先生。」

「我？」畫家答道：「我的畫已經全部毀滅，也預知今後畫出來的東西很難倖存。畫之前、畫之中、畫之後，三重快樂是份內的。塞尚他們所煩惱的是要取得第四重母愛的快樂。延種本能在精神上竟也這樣亢強，以致使那些才智過人的藝術家偏執到如此焦躁的地步。為了免於這第四重快樂，我曾一度成為文化形態學的讚賞者。」

快樂的傳奇

「先生是指《西方之衰落》中的論證觀點？」

「這類論點不自覺的引證者從來就很多，斯賓格勒整理了一番，可惜只注意巴比倫等九種文化的有機性。其實整部可知的人類文化史，才是意識形態的大戲。伊剛・福利德爾一輩想完成這個光怪陸離的體系，東拉西扯，強人就範，我感到乏味了，退而畫畫，但求份內的三重快樂循環不息。」

「第四重是精神延種的母愛的快樂。有第五種嗎？」

「因畫而生活安逸的快樂。」

「第六重？」

「因畫而受人稱道的快樂。」

「第七重？」

「沒有。」畫家吸紙菸，「塞尚的母愛是為了要把他的蘋果放入羅佛爾大冰箱。」

「塞尚不要第五重嗎？」

「也許吧！他不是大聲嚷嚷法郎有難聞的氣味嗎。」

「那麼勃拉克呢？」

「喬治・勃拉克先生的住處離此不遠，請去訪問了他之後，再回來繼續談吧。」

機巧的遁詞！我們應和著笑。飲茶，嚼糖。

二十世紀行將過去。八十年代，一個春風駘蕩的夜晚，東海之濱，畫家的工作室，我們有幸拜賞了木心先生近三年來的一百餘幅作品。我們已聞悉他是個奇特的人，畫著奇妙的畫，待到目睹這成集成冊的傑作，完全超出我們宿構的臆想。華嚴深靈，變幻莫測，分不清何為必然何為偶然，何為表象何為觀念，只覺得凜然，蕭然，翩然，陶然，盎然，嫣然……這是什麼呢，這個精神世界是達文西、梵樂希、西培柳斯蹤跡依稀的幽谷，是王維、倪瓚、朱耷透露過消息的清肅醞酗之鄉。它的廣度深度是不可方物的。尤不可思議者是它的密度。其中五十幅風景（山水），畫面特小，每幅蓄聚著極大的能量，使人目眩神馳。雲崗的石像，其大令我們覺得非人所為，這集風景，其小使我們覺得非人所為。一偉美，一精美，都是魔術般令人迷惑、屏息……畫家的靈思妙腕與象牙果核髮絲上的雕工特技是全然不同的。匠人倚小賣小，以小取寵。木心先生則率性而為，他在丈二大軸八公尺長卷揮灑之餘，忽就小幅，既不嫌方寸侷促，對佈局設色造象運筆亦概不介意，自由自在地調排著各種繪畫因素，觀賞者無從捉摸其起落始成，但覺神韻流蕩，真元襲人……激動，狂喜，繼之深深憂慮這樣的圖畫的命運否泰了。隱忍不住，才藉用塞尚、勃拉克的自白，冒昧啟問，不料畫家卻沖謙自牧於三重快樂之內。

現代的初民

「先生何以預知您的作品將無一倖存，苛求的卡夫卡也還是留下吉光片羽啊！」

畫家莞爾：「不是卡夫卡式苛求，是常識……。塞尚、勃拉克，誰又能倖存？那種所謂『燈光與黎明之間』的藝術勞作，畫家也許因為忙碌，來不及想到永生。人的自知之明，從狂熱的宗教信仰終於冷卻為宇宙論……無所謂悲觀主義、樂觀主義的宇宙家鄉觀念，豈不要笑掉伏爾泰的牙？明哲而痴心，也只有這樣，才能以精練過的思維和感覺來與宇宙對立。你們所發的疑問，應是屬於宇宙觀的範疇，從宇宙至繪畫，中間程序應是：世界觀─

人生觀—藝術觀。私情會使常識的程序顛倒，煩惱隨之叢生。一個要洗手不畫，另一個要拚了命畫。為什麼不能像孟德斯鳩那樣雙目大張保持一貫淨朗的心境呢？」

畫家的解釋，蘊藉微茫卻有助於我們領悟他從高處下、從深處出、從遠處歸的根本態度，我們用目光請求他繼續講下去——

「我是畫著玩，我作畫的態度近乎初民在岩洞中刻劃牛形的態度，那時已經有展覽會這樣一回事了，在美術史插圖中所熟見的太古壁畫，當時一定也很轟動，初民們擠進洞來，指指點點，煞是熱鬧，那個身披獸皮或樹葉的大畫家，在畫前，畫中，畫後，還沒有意識到貝殼換陶罐之類的買賣——我這個初民卻在岩洞中午睡，洞外市聲鼎沸，全世界大大小小的畫家都在興奮貿易，熙熙攘攘，把我吵醒了，我像貓一樣弓背伸懶腰，在一片嘈雜的人聲中，辨出畢卡索的嗓音：『貓吃掉鳥，畢卡索吃掉貓，畫吃掉畢卡索……它又一點一點地吃掉達文西，黑人雕塑吃掉黑人——到頭來，都一樣，差別在於他們自己並不領會這個道理而已，最後的勝利一定屬於畫。』我在心裡笑：不一定，羅佛爾和夏洛克吃掉畫，宇宙吃掉羅佛爾和夏洛克……。淺淺的知識比無知更使人栗六不安，深深的知識使人安定，我們無非是落在這樣的一片淺淺深深之中。」

一個觀念

「先生就是憑藉這廣義的自知之明而創作？」

「不是創作，是畫畫。我有一個『讀者觀念』，這個觀念比我自身高明十倍，我畫給它看。是赫胥黎吧，他在講演之前，虔誠請教前輩大師：應該如何對待聽眾的水準？大師道：他們一無所知。我畫到一半時，這個讀者觀念聚而明，明而顯，百般挑剔，糾纏不去，直到這位靡菲斯托式的批評家悄然引退。只有『靜，畫，我』三者同在，才算是一個閃耀著的終點。福樓拜夫子自道，他是由幾個可憐的觀念構成的。與他相比，我更可憐，只此一個觀念。」

這樣的「讀者觀念」，不知有幾人能具有。

「馬蒂斯把畢卡索奉為唯一夠格的批評家，木心先生除了心中的以『能』的形式存在的批評家之外，還有身外的以『質』的形式存在的批評家嗎？」

「很多。人們看我的畫，我看人們的眼睛。平時，畫沉睡著，有善意的人注視它時：醒了。我藉旁人的眼睛看自己的畫，倏然陌生了，便能適意於與自己的作品的分離。我不如塞尚他們多情，多情總是累贅。每次從展覽會中取回畫件，看到它們疲憊不堪，因為它們缺少睡眠。周詳警僻的評論固然可喜，一聲稚氣的驚呼更能使畫甦醒。但是，既然『人人因被人認識而得益』成為一句流行的格言，那麼先是格言本身被人認識，再是格言的設計者被人認識，而得益。一想到它的反面是人人因被人誤解而受害，我就十分樂意得益了。但願那位英國智者說得對：輪到別人的，也會輪到你的頭上來。」

文化中年期

我們已經目擊了畫家的作品，又親聽了他亦莊亦諧的談論，夜在深去，我們在告別前，不能免俗地作幾則提問：

「聽說先生正在寫一論文〈中國畫往何處去〉，能先告訴我們一個大綱嗎？」

「中國畫在技法上一直盤桓在漸變之中，已到突變的臨界了。唐代文化接納了印度波斯的影響，精神反特別旺盛，而唐之典範性亦反而更強。」

「先生對世界畫壇的千門萬戶又有何說？」

「現代畫派，紛紛揚揚，不論抽象具象，選擇其中真誠有度者，一言以蔽之：『思無邪。』」

木心先生的臨別贈言是：

「我們的時代是人類文化的中年期。真是巧合，太陽正處於中年期，地球亦處於中年期。人類文化經歷了充滿神話寓言的童年，文藝復興情竇初開的少年，浪漫主義狂歌痛哭的青年，傑出的藝術各以其足夠的自知之明為其所生息的時代留下了不可更替的特徵。童年幼年是熱中，少年青年是熱情，而壯年中年是熱誠。文化的兩翼是科學與藝術，我們所值的世紀，後半葉，藝術這一翼見弱了。這個時代原以熱誠為不可更替的特徵的，可是畢卡索一語道破：『我們這個時代缺少的是熱誠……』我們，我們這些中年人，還總得夢想以熱誠來驚動藝術。」

海峽傳聲

答臺灣《聯合文學》編者問

一九八四年臺灣《聯合文學》創刊號特設「作家專卷」，題名「木心・一個文學的魯濱遜」，編者導言：

經由《聯副》，木心在國內文壇一出現，即以迥然絕塵、拒斥流俗的風格，引起廣大讀者強烈注目，人人爭問：「木心是誰？」為這一陣襲來的文學狂飆感到好奇。

身逢動亂，木心的經歷不平凡，成就也不平凡。在極為特殊的情況下，他始終堅持自我的生活理念、文學立場，像在一座孤島上一樣，不間斷地從事創作。因此所謂「文學魯濱遜」之說，實深含傲然雄視之情。

面對這樣一位作家，《聯合文學》滿懷驚喜。經過長達三個月時間的籌畫和聯繫，終於集木心小傳、著作一覽、木心答客問及其散文新作四帖等而成此一專卷。本卷含融木心人生觀照、藝術風情，是國內首度最完整的呈現。

——摘自《聯合文學》創刊號

問：從今（一九八四）年四月您在《聯副》發表一九六六年後第一篇作品以來，短短幾個月，已經引起國內文壇及讀者的轟動，人人爭問：「木心是誰？」可否請您介紹一下「木心這個人」？

答：當有人問：

「木心是誰？」

我的本能反應是：

「哪一個木心？」

福樓拜先生的教誨言猶在耳：

「呈顯藝術，退隱藝術家。」

文稿上具名的「木心」，稿費支票背面簽字的「木心」，是兩個「木心」。

孟德斯鳩自稱波斯人，梅里美自稱葡萄牙人，司湯達爾自稱米蘭人，都是為了文學上之必要，法國文學家似乎始終不失「古典精神」。那麼，我是丹麥人，《皇帝的新衣》中的那個小孩。

在遠遠的前代，藝術家在藝術品上是不具名的。藝術品一件件完成，藝術家一個個消失了。

癡心而明哲，明哲而癡心。唯其癡心，再不明哲就要燒焦了，因為明哲，沒有這點癡心豈不凍死在雪山上。

那個在稿費支票背面簽字的木心為那個在文稿上具名的木心先作這一點點介紹。

*

問：我們知道您八歲開始習畫，什麼時候開始寫作？以何種文字發表？是否結集，有無計畫出版？

答：小學時代，我的作文還真不錯，我說：「姊姊，幫我開個頭！」姊姊便執筆破了題，我說：「你這樣寫，叫我怎樣接得下去呢？」姊姊嗔道：「真笨……」她承之轉之，全文已得四分之三。我說：「唉，最後的感想最難了！」「有什麼難。」她又捉筆瑟瑟草就扔給我，我趕快稱讚：「姊姊真聰明！」看到她的笑容，便知下次求她再寫是不成問題的。

可是抗日戰爭爆發了，不上學。家庭教師，當堂交卷，苦苦混到十四歲，明裡五絕七律四六駢儷，暗底寫起白話新體詩來，第一首是這樣：

時間是鉛筆，
在我心版上寫許多字。
時間是橡皮，
把字揩去了。
那拿鉛筆又拿橡皮的手
是誰的手？
誰的手。

從此天天寫，枕邊放著鉛筆，睡也快睡著了，句子一閃一閃，黑暗中摸著筆，在牆上畫，早晨一醒便搜看，歪歪斜斜，總算沒逃掉，例如：

天空有一堆
無人遊戲的玩具，
於是只好
自己遊戲著
在遊戲著，
在被遊戲著。

又如：

畫一座琪花瑤草的無人島，
畫許多白帆向它飄
這也是膏筆的圓謊麼

漸漸積多了，在嘉興、湖州、杭州、上海的報刊上發表。記得有次寄出稿件後，卜了一籤——「小鳥欲高飛，雖飛亦不遠，非關氣力微，毛羽未豐滿。」好厲害！上帝挖苦我，我不再寫詩而專心畫圖了。

一九四九年，已非小鳥了，卻是鎩羽西湖，因病得閒，閉門重讀莎士比亞全集，覺得從前沒有讀過似的，覺得哈姆雷特是我兄弟似的，覺得哈姆雷特與唐吉訶德是天然的對比，覺得屠格涅夫只限於作「智」與「德」的區別，貶褒失誤，偏於自責。我便接手這樁文學公案，把它擴大了——自由主義的，希臘思潮的，如「哈姆雷特」。極權主義的，希伯來思潮的，如「唐吉訶德」。一是明智的懷疑，一是專橫的信仰，一重現世、快樂、審美，一重未來、苦行、義務。彼此消長起伏，居然從古到今勢不兩立。因為我年輕無知，才會真的寫了一本《哈姆雷特泛論》。從此，就此，一篇篇寫下去。某日獨遊靈隱寺，又拔了一籤：「春花秋月自勞神，成得事來反誤身，任憑豪奪與智取，蒼天不福有心人。」——這次可不是挖苦而是警告了。

從十四歲寫到二十二歲，近十年。假如我明哲，就該「絕筆」。假如我有法國韓波之才，已臻不朽。但是我什麼也沒有，只有癡心一片，還是埋頭苦寫。結集呢，結了，到六十年代「浩劫」前夕正好二十本，讀者呢，與施耐庵生前差不多，約十人。出版嗎，二十集手抄精裝本全被沒收了。「嘗著文章自娛」結果是「嘗著文章自誤」，因為「頗示己志」啊，接下來就非「忘懷得失，以此自終」不可麼。

現在是一九八四年。早年得悉司湯達爾曾經想寫完全集，一併出版——我以為然，以為大可仿效。現在又決定一本一本出版了。中文本，封面插圖自己設計。至於上帝對我的挖苦和警告，我也並沒有不放在心上。

硬瀟灑，你說有多傻就有多傻。

*

問：為何取名「木心」？（是不是「木人石心」之意？）是否方便公諸「本名」？

答：孫，東吳人氏，名璞，字玉山。後用「牧心」，「牧」字太雅也太俗，況且意馬心猿，牧不了。做過教師，學生都很好，就是不能使之再好上去：牧己牧人兩無成，如能「木」了，倒也罷了。其實是取其筆劃少，寫起來方便。名字是個符號，最好不含什麼意義，否則很累贅，往往成了諷刺。自作多情和自作無情都是可笑的。以後我還想改名。

*

問：目前寫作的環境、習慣、進度如何？

答：去年與林肯中心為鄰，太現代文明，不適意。今年搬到瓊美卡，秀木葱蘢芳草鮮美，還不夠稱心。還要搬。寫作習慣呢，說來真不怕人見笑，地下鐵中寫，巴士站上寫，廚房裡一邊煮食一邊寫，並非勤奮，我想：不寫又做什麼呢，便寫了。最喜歡在咖啡店的一角，寫到其他的椅子都反放在檯子上，還要來兩句：

即使我現在就走，
也是最後的一個顧客了。

進度一天通常是七千字，到半夜，萬字，沒有用的，都要反覆修改，五稿六稿，還得冷處理，時效處理，過一週、十天，再看看，必定有錯誤發現。如果把某一文的改稿放在讀者面前就可知道，我有多窩囊。

＊

問：您的文章中，呈現古今中外豐富的學識涵養，令讀者讚歎折服，可否談談您的學習過程？

答：我所有的都是常識而已。來美國，手頭沒有書了，全憑記憶來對付，有時四顧茫然，苦笑自己成了「文學魯濱遜」。少年在故鄉，一位世界著名的文學家的「家」，滿屋子歐美文學經典，我狼吞虎嚥，得了「文學胃炎」症，後來想想，又覺得幾乎全是那時候看的一點點書。可見我是屬於「反芻類」的。中國的古典文學呢，家庭教師無疑是飽學鴻儒，師生各得一「頑」字，師頑固，生頑劣，日本轟炸機在頭上盤旋，先生要我寫「憂國傷時」的詩，寫不出，忽成一首七絕，三四兩句是：「大廈漸傾憑擎柱，將何良法挽神州？」老夫子搖頭：「束手無策，徒呼奈何？」我說：「有策！」「什麼策？」「將何、良法，蕭何、張良的辦法啊。」我心不在焉，想去開高射炮。

抗戰勝利之後，與夏承燾先生成了忘年交，詩詞往還，我才野性稍戢。關於中國古典文學，夏先生是無論如何比我懂得多。他手抄四福音書中的箴言給我，〈葡萄〉篇，〈梁木〉篇，還有「主啊，兄弟得罪我，原諒他七次夠了麼……」他用來解釋儒家的「恕」道，因為夏先生準備原諒我七十七個七次，所以我一次也沒有得罪他。

像對待書一樣地對待人，

像對待人一樣地對待書，

我是這樣學習的。

另外，公開一則我的寫作祕訣——心目中有個「讀者觀念」，它比我高明十倍，我抱著敬畏之心來寫給它看，唯恐失言失態失禮，它則百般挑剔，從來不表滿意，與它朝夕相處四十年，習慣了——謝謝諸位讀者所凝契而共臨的「讀者觀念」與我始終同在，「以馬內利」！

＊

問：動盪的時代中，您如何在戰爭的摧折之下繼續求學，在流亡的過程中什麼是您的精神支柱？

答：老家靜如深山古剎，書本告訴我世界之大無奇不有，豐富的人生經歷是我所最嚮往的，我知道再不闖出家門，此生必然休矣——一天比一天惶急，家庭又逼迫成婚，就像老戲文中的一段劇情，我就「人生摹仿藝術」，潑出膽子逃命。此後的四十年是一天天不容易過也容易過。所謂「人生經歷」，夠了，現在缺少的是寫作才能而不是寫作題材。我發現很多人的失落，是忘卻了違背了自己少年時的立志，自認為練達，自認為精明，從前多幼稚，總算看透了，想穿了——就此變成自己少年時最憎惡的那種人。我愧言有什麼特強的上進心，而敢言從不妄自菲薄。初讀米開朗基羅傳，周身顫慄，就這樣，就是這樣，就是這樣了。我經歷了多次各種「置之死地而後生」，一切崩潰殆盡的時候，我對自己說：「在絕望中求永生。」常見人驅使自己的「少年」、「青年」歸化於自己的「老年」。我的「老年」、「青年」卻聽命於我的「少年」。順理可以成章，那麼逆理更可以成章——少年時自己說過的一句話，足夠我受用終生。

＊

問：「文化浩劫」那段時期，您如何度過？如何繼續寫作繪畫？

答：史學使人清醒。哲學使人堅定。我目睹很多藝文人士由於不具史學哲學的觀點而臨危大懼，張皇失措，彼此誣陷，怕死貪生。當此際，我方始明白史學與哲學原來有這樣的實用性。此二學，我所涉不深，卻也夠我自始至終保持鎮靜。莎士比亞、貝多芬都趕上大街來批鬥，我安之若素，因為無損莎士比亞、貝多芬一根毫毛，而有莎士比亞、貝多芬存在的世界，我為何不愛，為何不信，為何不滿懷希望？上次在這裡展覽的畫，半數是「浩劫」中畫的（編者按：一九八四年六月，木心先生應請在紐約林肯藝術中心國家畫廊舉行展覽，觀眾踴躍，佳評如潮，林肯中心總監專文頌揚）。有一句英國諺語：「輪到別人的，也會輪到你的頭上來。」那麼，在作畫時的命運，在展畫時的命運，豈不是都被這句諺語說中了？所以讀點歷史書，居然頗有實用價值。至於「人在患難之中，恒以哲學自堅其心」，那是法國的諺語，幾乎是格言了。

*

問：您在文章中提到中學的時候愛寫「羅曼蒂克兮兮的詩」，到了中年「詩」卻讓您有「窒息感」，現在再回顧「詩」，您的心情如何？

答：在〈完美的女友〉中出場的那個男人是石油專家、工程師，給他配上這樣的「細節」，以符合他的氣質、性格的特徵。

我自己則出身是「小詩人」（成敗不計），少年時寫詩倒不涉羅曼蒂克，中年時讀詩呼吸暢通（好的詩），平時也寫得正起勁。可是消息傳來，神話的時代過去之後，詩的黃金時代也過去了。歐美詩壇，既寥落又擾攘，近代的詩人個個兼評論家，鬧得可厲害。結果是大家歎氣散場。我心猶未甘，退而細細思量，世界範圍的詩的黃金時代無疑真是過去了。我在〈伊卡洛斯詮釋〉中開了一次追悼會。新的詩人當然還是這裡那裡地誕生，然而只能各進各的窄門。世人對詩人的三分尊敬，還是看在過去的詩的黃金時代所形成的概念的份上。人類文化已進入了中年時期。前幾年，香港《中報》月刊記者採訪時，我提了這個觀點：「我們的時代是人類文化的中年期，真是巧合，太陽正處於中年期，地球亦處於中年期。人類文化經歷了充滿神話寓言的童年，文藝復興情竇初開的少年，浪漫主義狂歌痛哭的青年，傑出的藝術家各以其足夠的自知之明為其所生息的時代留下了不可更替的特徵，童年幼年是熱中，少年青年是熱情，而壯年中年是熱誠……」中年人再說瘋瘋癲癲的傻話，纏纏綿綿的情話，未免太那個了，所以識時的知趣的現代詩人都重感覺，重悟性，用眼來聽，用耳來看，用皮膚來思想，用腦子來撫摩——現代詩人是冷賢的，善節制，風雅內斂，雖然未必入聖，卻是早已超凡。而且，「熱誠」的演化，比「熱情」的掀騰更醇厚清澄，「除了不是詩的，其他都是詩」，「憂鬱是消沉了的熱誠」。最近，我更莫名其妙地樂觀起來，在前幾天發表的一篇文章的結尾，我寫道：「詩的黃金時代會再來，不過大家還要聰明一點，誠實一點。」據說新大陸是哥倫布的信念使它浮出水面的。反正俏皮話和老實話要說的是一個意思。

*

問：在文學的表達形式中，您是否都嘗試過詩、小說、散文、評論等體式的創作？是什麼原因讓您選揀散文為最常用的表達方式？

答：甜酸苦辣都嘗過，詩甜，散文酸，小說苦，評論辣。我以鹹為主，調以其他各味而成為我的散文，即：我寫散文是把詩、小說、評論融和在一起寫的。

耶穌說：

「如果鹽失去了鹹味，還有什麼可以補償的呢？」

我的散文之鹹，就是指這種鹹。

因為生性魯鈍，臨案試驗了如許歲月才形成了這樣一種不足為奇只供一己撥弄的文體。在法國，「文體家」是最大的尊稱，中國古代也講究得很，近代的散文則容易散而不文。還有所謂「濃得化不開」者的呢，化不開是事實，濃倒並不一定濃，也許是稠濁。我時常會想起「藝術成長於格律而死於自由」這句話，不僅是指詩而言，其他的，都往往被此一語道破，因為「格律」有兩種，一是外在的有形的格律，另一是內在的無形的格律，忽視前一種，還可以是藝術，忽視後一種者，就快將不復是藝術了。

＊

正在寫一篇論「散文」的散文，發表時再談吧。

問：目前所發表過的作品，是屬於舊作？抑來美國後的新作？

答：〈空房〉、〈菸蒂〉，是舊作，憑記憶重寫，有點走樣。其他都是來美國後寫的——自己覺得以前在中國寫的東西還恬淡樸實些，在美國，惹上些華麗，肥了。我要進行「文學減肥」。

＊

問：您用什麼心情來看待「文學」乃至「藝術」及「人」？

答：說來真不怕人見笑，是抱著殉道者的心態。殉道未必得道，恐怕正是因為得不到道，只好一殉了之。我選擇藝術作為終身大事，是因為這世界很不公平，白痴可以是億萬富翁，瘋子可以是一國君主。藝術則什麼人做出什麼藝術品來，這個一致性我認為是「公平」。文學因為是字組成的，摻不得半點假。要摻儘管摻，反正不是文學了。

最好是「得道」，其次是「聞道」，沒奈何才是「殉道」。古人是朝聞道，夕死可矣，今我是朝聞道，焉甘夕死——以「死」殉道易，以「不死」殉道難。我擇難。

「人」呢，我愛。不是說「除了不是詩的，其他都是詩」嗎，那麼除了不是人的，其他都是人。很高興。

有人稱我是「人類的遠房親戚」，不知什麼意思。

*

問：在您的文章之中，時常討論到佛、道、基督等教的教義，可否談談您個人的宗教觀，或信仰的歷程？

答：一、我是哲學地人文地對待宗教的，或說，在最初的意義上宗教是哲學現象人文現象。二、因為沒有宗教異端裁判庭了，我便藉藉題，藉之說開去。三、釋迦牟尼、耶穌，我敬愛極了，敬愛極了；李聃，我更敬愛極了（他可不是道教始祖）。

我之所以時常涉及宗教，純屬藝術的思辨，槓桿要個支力點（「政治」、「愛情」，也可以作支力點）。

如果有人當面問我：

你是有神論者？

你是無神論者？

唯心主義？

唯物主義？

他能得到的答覆是我的一臉傻笑。

福樓拜說：「唯物唯心，都是出言不遜。」

我就接說：「有神論無神論，都是用詞不當。」

我走過的路，不是信仰的歷程，沿途所見的是一代代宗教家都背離其始祖的意旨，虛偽敷衍，曲解誇大，甚而作惡多端。所以我每涉宗教，言辭激楚，原因是出於對幾位始祖的「敬愛極了」。

我的「宗教觀」有待細說從頭。

我重視「信仰」，在〈咖啡彌撒〉中說了「宗教事小，信仰事大」，在〈哥倫比亞的倒影〉中加深一度表呈這個觀念。

也許我終於開始有「信仰的歷程」了。

我信仰「信仰」。

＊

問：您提到「宗教的種類愈多，宗教的意義愈少」，您是否怪罪宗教把圓融的宇宙本體解釋得支離破碎？

答：最近，有朋自意大利來，說，在一老宅，新發現中世紀的某個預言家的手稿，內容還真不少，關於一九八四年以後的五年內將發生的大事呢，有一條是：耶穌第二次降臨世界；還有一條是教廷被摧毀，教皇被驅逐。我想，兩則預言未必應驗，除非是基督來了，大家認不得，走了之後，才知道。

直接回答您的提問：

宗教從來沒有解釋過宇宙。

「創世紀」作為一個神話是可以的。

「佛經」的層面如此複雜，似乎夠得上「另立宇宙」，其實是以生理的心理的觀點來揣摩生與死的關係。

迷路，並無小路大路短路長路之區別。不能說在大路長路上迷路就不是迷路了。走在達不到目的的路上，就是迷路。

企圖解釋宇宙的是科學家、哲學家、藝術家。其他的人在市場、賽馬場、海濱浴場。

不必去怪罪宗教，宗教既不存心也無能力解釋宇宙。當宗教要迫害科學哲學藝術時，我才叫起來，站起來，平常則完全可以相安無事，甚至相敬如賓。中世紀的「黑暗」在本世紀局部重現了兩次，但願沒有第三次，這個世紀也就過完了。以後呢，誰知道。

所謂「宗教的種類愈多，宗教的意義愈少」，是指它們的自相矛盾。各宗教的互相攻訐，是「宗教邏輯病」，或稱「宗教幼稚病」，用日文則更幽默些：「宗教小兒病。」

*

問：假使不通過宗教，您認為人類還可以通過哪些方式去觸及宇宙本體？如何與宇宙對話？

答：前一個問題中，我已答了，大致是：

一、「理」的探索。

二、「智」的推論。

三、「靈」的體識。

而人類始終只能獨白。科學家、哲學家、藝術家，三個哈姆雷特在一個戲臺上同時獨白。

宇宙是不與人對話的。

科學家能做的是對「存在」的解析，是不具「創造」性的。四種「力」的發現，發現而已，「基本粒子」，定名錯了，應改稱為「非基本的基本粒子」。循微觀世界的高速現象而探索，似乎有望觸及宇宙本體了，危機是物質會消失，即是物質會轉入人類無法觀察的另一度時空架構中去，此架構目前無以為詞，有人姑且叫它「觀念」。不少分外敏感的科學哈姆雷特已經擔心自己將落入虛無縹緲之境了。當理性到了既不夠用又用不上的境界時，認輸是不甘心的。所以我有點同情愛因斯坦，不願說他前半生有巨勳而後半生白費心機。

哲學家，為「宇宙本體」這個謎吸引的人，一類是「宇宙擬人化」，原理同於「造神派」，譜系屬於「泛神論」，最終表現是自製謎底加在「宇宙之謎」之上。另一類是把科學家的發現歸納起來，成了「科學的科學」，是「必然無神論」，最終表現是揭示了「宇宙是沒有謎底的謎」——兩者都不應用「唯心」、「唯物」去分別。

都以為哲學家是冷靜的、無私的，其實在羅列論點、結構體系時，各自表呈了「願望」，黑格爾是用他的邏輯學一步步推得「總念」的嗎？他是先有了「總念」，才鋪陳出一套邏輯來的。所以就乏味。

當哲學家僅僅在那裡表呈「願望」時，我看到的是人的不同的性格，那麼，各派理論集成的哲學大綱哲學史，豈非是哲學家性格一覽表。所以很好玩。海涅稱伊甸園中的那條蛇為「無腳的女黑格爾」。

藝術家天真可憐，沒有儀器沒有方程式沒有三段論沒有大小邏輯，仰對星空，一個說：「偉大的母親喲，請你接受我這破碎的心！」另一個說：「在那眾星之上，必有一位慈父。」宇宙觀念成了家庭觀念了。年輕的藝術家是不談宇宙的，要到垂垂老矣，獨坐萊茵河畔的夕陽光裡，知道「有情」落在「無情」中了，惆悵、悲涼、柔腸百轉，百轉而寸斷，寸斷而和光同塵。每次聽貝多芬的第九交響樂至第三樂章，總覺得他在向宇宙訴情，在苦勸宇宙不要那樣冷酷——我以為宇宙對不起貝多芬，宇宙應該慚愧。

三個哈姆雷特的獨白，第一個咬字清晰，第二個條理分明，第三個聲調優美。

宇宙不應不答，大有外，小有內，眾星系旋轉運行，宛如一堆無人遊戲的玩具。

人類還是克制不住地要去和宇宙對話，想用手指嘴唇觸及宇宙本體，因為「生命」是由「好奇心」、「求知欲」、「審美力」摻和蛋白質之類而構成的。
我所引以為慰、引以為希望的是：科學哲學藝術三者的邊緣關係將從不自覺轉為自覺。
古代的文化是綜合的，後來漸漸分解愈分愈細——可能會出現新的綜合，那就又要號稱「黃金時代」了，三個哈姆雷特坐下來談談吧。喝點酒是可以的。

*

問：在〈愛默生家的惡客〉一文中，您對「沮喪」的定義是：「正當看穿這世界的矯飾而世界因此而屬於他的時候，他搖頭，他回絕了。」請問您「沮喪」嗎？在「沮喪」的背後，是否有您對生命、時代、世界的願望？寫作與繪畫是增添

「沮喪」，抑或彌補了您的「沮喪」？

答：這篇文章就是在一度「沮喪」之後寫出來的。《少年維特的煩惱》脫稿，歌德不想自殺了。我寫完那篇文章後，心裡也好受些。當然是由於對生命、時代、世界一往深情，不愛就不會失戀。寫作和繪畫既不會增添「沮喪」也不能彌補「沮喪」。凡是在〈愛默生家的惡客〉中已經說過的，恕不重複。

＊

問：您私愛哪些作家和作品，影響您最深的是哪一家哪一派？

答：只有海明威才有興致大談其私愛的作家和作品。「君非海明威此一起碼認識之必要」之必要使我不想回答這個問題。回憶自己年輕時，也是最想知道「誰私愛誰的書」、「誰受誰的影響」、「誰是什麼派什麼主義」，彷彿只要明白了這些，就什麼都迎刃而解了。再過些時候吧，要談則痛痛快快談，和盤托出——對於「作家和作品」，我的「私愛」簡直是「博愛」，說了甲而不說乙，豈非忘恩負義。請原諒，換個問題吧。

＊

問：在您的文章中，我們看到了與您共論寂寞的「丹卿」，帶您去看「梵蒂岡藝術藏品展覽」的女同學，為您縫製絲質襯衫的女雕刻家……可否請您談一談您諸多的「情障」？您心目中最完美的女友形象？

答：那三個都不是「情障」。而我的「情障」又何止三數。而「障」已去矣，「情」猶常在，我不忍寫。而以後可能長篇大幅地寫，那就不再用第一人稱了。「完美的女友」是說「反話」，我過去的女友，一個也不完美，原因是我自己就支離破碎，當聽到紀德說他「愛愛，不愛單個的人」——我吃了一驚，以為他竊聽了我內心的自白。當歌德說「假如我愛你，與你何涉」——我太息，因為能做到的只有這一步，而這一步又是極難做到的……

＊

問：在您的一篇文章中，您形容中年是人的「正是開懷暢飲的嘉年華」，現在身處美國，可否談談將近「耳順之年」的心情？

答：我在人生的列車到達「開懷暢飲站」時，下來買酒，一回頭，車開走了……我至今還呆在月臺上，您們來不來共度嘉年華會，歡迎！下面的「耳順站」我不去了，準備改乘特快車，越過「耳順」，直達終點——現在是「人類文化中年期」，做中年人最好。我賴著，就是不上車，也沒有人來挾持我上車，夜是深了，不過是「白夜」，正是開懷暢飲的時候。

*

問：未來的計畫、行程如何？有沒有可能與臺灣的讀者見面？

答：不止一次地周遊世界，日日夜夜地寫，也要畫，最終目的是告別藝術，隱居，就像償清了債務之後還有餘資一樣地快樂。臺灣我曾遊遍，阿里山、日月潭，真是美麗島。與讀者何日相見呢，在穆罕默德的許多故事中，有一則是他與山鬧彆扭，我願是山，不願是穆罕默德。

*

問：在寫作方面，有沒有長遠的計畫？是否打算觸及某一方面的題材或思考？

答：青年時構想一部詩劇，介乎《查拉圖斯特拉》與《浮士德》之間的東西，兩幕寫過，便知道這是不行的，無法表現近代的當代的思想和情操。從六十年代開始，醞釀一部《巴比倫語言學》，寫法是：分章而連續。體裁就是這種融合詩、小說、評論的散文。字數當以百萬計。主題是……怕被人說「雷聲大，雨點小」，寫完後再看吧，七十年代起，醞釀另一部《瓷國回憶錄》，傳記性，應歸小說類，字數倍於前者——兩部都已著手寫，能不能完成，總得在五年之後見分曉，因為同時要寫別的東西。

世界是整個兒的，歷史是一連串的，文學所觸及的就是整個兒的世界和一連串的歷史。有點，有線，然而如果是孤立的點，斷掉的線，經不起風吹雨打。故意觸及，是個人性的，必然觸及，是世界性的；表面觸及，是暫時性的，底層觸及，是歷史性的。沒有人希望巴格尼尼一邊拉琴一邊說話，因為他已經說了。

「藝術廣大已極，足可占有一個人。」這也是福樓拜說的。屬於我自己的東西愈來愈少了，有時感到悵然若失……失去了什麼呢？失去了什麼呢——我又訕然回房，伏案執筆了。隔著太平洋，看起來好像是「文學不明飛行物」，其實是「文學魯濱遜」。「唯有平常的事物才有深意，除此，那是奧妙、神祕。奧妙神祕，是我自己的無知，唯有奧妙神祕因我的知識而轉為平常時，才從而得到了它們的深意。」這是誰說的，是我在自言自語。

音樂家，尤其是聲樂家，老之將至，便舉行「告別音樂會」。帕蒂就唱過了頭，後悔莫及。我想，快快寫，本世紀末年，舉行個「告別文學會」，場地人數不計，一塊岩石三個人也可以開——現在想想就預支了快樂，我們在快樂中結束這次談話吧。

雪夕酬酢

答臺灣《中國時報》編者問

丁卯春寒，雪夕遠客見訪，酬答問，不覺肆意妄言——謂我何求，謂我心憂，豈予好辯哉。鮮有良朋，貺也永歎，悠悠繆斯，微神之躬，胡為乎泥中。

——閱錄稿後識

問：您對作品的暢銷與否的看法如何？

答：作品暢銷，必然成名，而歷史上一路過來的不朽之作，當時大抵未交「暢銷運」。成名與成功很難兼得，通常是兩回事，成名不一定成功，成功不就此成名。暢銷書，也有確實可稱成功的。如果並非成功，只是交了「適逢其會」的好運，那麼，後來自有結果：一時成起來的大名，縮小了，沒了。

各國各族的書市，總有各種熱門的東西，無可厚非，在當時，厚者是非不了的——值得省視的是：暢銷書標示著那個暢銷範圍的文化水準，一般都著眼於誰寫了暢銷書，其實問題不在作者而在讀者，所以問題很大、很重，重大得好像沒有問題似的。

＊

問：您最喜歡的中文的文學刊物是哪些？

答：正在尋找中。

＊

問：平均每天花多少時間閱讀及寫作？

答：兩、三小時。十一、二小時。

*

問：古今中外的文學大家中，誰對您的影響最大？

答：一個人，受另一個人的影響，影響到了可以稱為「最大」——這是病態的，至少是誤解了那個影響他的人了。或者是受影響的那個，相當沒出息。

受「影響」是分時期的，如果終身受一個人的「影響」——那是誤解，至少是病態。

說回來，古今中外確實有一位大家，較長期地「影響」我——《新約》的作者（非述者），主要在文體上、語氣上，他好。

*

問：假如有筆經費，支持您的寫作計畫，您的第一志願是什麼？

答：這是很有意思的，這是一個「李爾王」的問題。假如有三個人作答，甲說：有了支持，必將寫出經天緯地的命世之作。乙說：如蒙相助，不成功便成仁。丙說：既能安心寫，寫完再說——看來這筆經費是付之甲的，或三七開、四六開，分給乙和甲。丙，沒有希望。

美國的各種基金會，有專事獎勵「天才」的，一旦物色到某人，由律師通知：如果您同意接受，那麼每年可以自由支配這若干萬美元，歷若干年，ＯＫ，除了ＯＫ就不再顧問——如果那個「天才」把錢胡亂花掉，終於一事無成呢？該基金會答：即使如此，也是個別，絕大多數是卓然有成，以個別的損失，換絕大多數的效果，實在值得。

我想，所謂「志願」，「第一志願」，是早就有的，不是眼看有經費來了，「志願」拔地而起。而且「志願」如果能分為「第一」、「第二」……似乎不大像「志願」，尤其對於寫文學作品的人，「志願」多了，就可能「非文學」了。安逸的生活，良好的環境，使「志願」實現得快些、順遂些。否則，就慢些，波折多些，「志願」還是要實現的。

寫作，如果出於真誠，都知道「文學」有個奇怪的特性：寫下去，才漸漸明瞭可以寫成什麼。所以「第一志願」和「第二志願」……同樣是「要寫得好」，如果「很好」，那就更好了。

凡是大言炎炎者，必定寫不好——這一點也很奇怪。但可以堅信。

*

問：您認為中國作家中，誰最有希望獲得諾貝爾獎？

答：不知道——只知三種必然性：一、是個地道的中國人。二、作品的譯文比原文好。三、現在是中國人著急，要到瑞典人也著急的時候，來了，拋球成親似的。

*

問：您當前正在閱讀的書是什麼？

答：瑞士的Jacob Burckhardt的《意大利文藝復興時期的文化》，此書百年以來德文本及各種譯本一直風行不衰，新版迭出。西方對待自身的人文傳統的真摯態度，項背相望，氣脈連貫（中國任何一期前朝文化，都還沒有這樣的回顧評鑑的巨著）。布克哈特的這本書，不以精彩卓越勝，系統性也只在就事論事，它平實，懇切，筆鋒常含體溫，所敘者多半是我早已詳知的故實，卻吸引我讀，讀著讀著，浸潤在幸樂之中。凡是令我傾心的書，都分辨不清是我在理解它呢還是它在理解我。

快慰之餘，不禁想：假如中國也有人寫這樣性質的書（關於東西漢或南北朝或三唐二宋的文化演變），也是一部平實、懇切、滿涵體溫的巨著，那麼，百年以來，也會風行不衰新版迭出嗎——不可能。為什麼不可能？這就要寫一部書來解答，寫出來之後，也沒有人要看。所以不寫。所以等於回答了問題。

*

問：最近看過的令您印象最深的一本書是什麼？

答：重讀少年時耽讀的但丁傳記，這次的作者是馬里奧·托比諾，意大利人，寫來尤其娓娓脈脈，我原來以為但丁的頭髮是栗色的，這才知道是金色，金髮金心的大詩人。邊讀邊回憶少年時在故鄉沉醉於「新生」的那段蒙昧而清純的年月，雙倍感懷——各有各的佛羅倫斯。

*

問：您覺得目前國內的文學水準與您開始寫作時比較，是較高或較低？

答：四十年來，中國文學進進退退反反覆覆，現在耆老的一輩作家，差不多全是擱筆在他們自己的有為之年，所以只能說半途而廢。據後來的狀況看，即使半途不廢，也許未必就能怎麼樣。試想，如果真有絕世才華，那麼總能對付得了進退反覆的厄運（別國就不乏這等顛撲不破的大器），環境、遭遇，當然是意外分外坎坷，而內心的枯萎，恐怕還是主因，「置之死地而後生」這句話就用不上了。用得上這句話的是中年一輩作家，可惜根底都遜於老輩，但也許正因為這樣，所以勁道特別粗，口氣特別大，著作正在快速等身中。面對這些著作，籠統的感覺是：質薄、氣邪，作者把讀者看得很低，範圍限得很小，其功急，其利近，其用心大欠良苦——怎麼會這樣的呢，恐怕不光是知識的貧困，而主要是品性的貧困，品性怎麼會貧困的呢，事情就麻煩了，說來必須話長，使人不想短說。接下去，是年輕的一輩，比之老輩中輩，那年輕的一輩最有幸，恰好在「不怕虎」的年齡上經歷「史無前例」的虎虎十年，勞之，餓之，非常符合「天降大任」的模式。俄而國門開了，公費行萬里路，私下讀萬卷書，動輒獲獎，一蹴成名，照理實在是好事大好事，可是不知怎的總含著「夢」的成份，有受寵若驚者，有受驚若寵者，就是沒有寵辱不驚者。「文學」，酸腐迂闊要不得，便佞油滑也要不得，太活絡亢奮了，那個「品性的貧困」的狀況更不能改變，而且，「知識的貧困」也到底不是「行路」、「讀書」就可解決。時下能看到的，是年輕人的「生命力」，以生命力代替才華，大致這樣，大致都這樣在以生命力代替才華——除了擱筆的和勉強執筆的作家，其他，都充滿希望，足可一直一直希望下去。提問所指的那個整體性的「文學水準」呢，近看，不成其為水準，推遠些看，比之宋唐晉魏，那是差得多了。推開些看，比之歐洲、拉丁美洲，那也差得多了。怎麼這樣比？其實——這樣比，才有意思，否則，不用比，無從比起，還是一邊食粥一邊寫，像那位不知諾貝爾獎為何物的曹侯這樣地寫，啜粥難免有聲，其他的聲可免則免。

＊

問：您認為作為一個作家最重要的條件是什麼？

答：誠吧。

（畢卡索說：我們這個時代缺乏的是熱誠，塞尚感動我們的是他的熱誠。）

＊

問：作家這個行業最重要的職業道德是什麼？

答：就是前面這個問題。

而且，「作家」是個「行業」？當「道德」由「職業」來規範時，還可能是道德？

倒可以談談作家最不道德的行徑是什麼，那是：存心欺騙人，蓄意狎弄人，使讀者習慣於被欺被狎，久而久之，以為不是這樣就不是文學——「這樣」的現狀，正是作家的作孽。

*

問：好的作品、好的作家，用什麼方式鼓勵「最受用」？

答：「好的作品」、「好的作家」，誰來定這兩個「好」呢，若說好的作品好的作家是由「好的讀者」、「好的評家」來判定，那麼，又多了兩個「好」，又是誰來頒賜的呢——姑置不論，姑妄就題論題：

已有好的作品，已列為好的作家，那就不需要鼓勵。需要鼓勵的是，寫了些東西，不夠好，而頗有可能寫出好的東西來，那樣的人（此時，稱之為「作家」嫌早）鼓勵鼓勵，才值得設想一下什麼是他所「最受用」的。

作品是物，物是無從鼓勵的。作者是人，普通人，只要讚美。特殊人，但求理解。一流作家（漫長歷史好容易作出仲裁的）其涵量百年千載理解不盡，讚美就顯得很次要似的。如果在他有生之年，同代人能含糊地認知這種作家的「作品」的「人」，這點認知，便是百年千載的「理解」進程的啟始，算是早的、順利的、僥倖的。而其實倒是「鼓勵」了讀者：一、大體輪廓上看出面對面的是何種性質的作家、何種性質的作品。二、能解的解，不解的保持不解，這樣就減少誤會和歪曲——所以，寧是讀者「最受用」，讀者「受用」了，作者也不無「受用」之感。回過身來打量另外的那種只需讚美不求理解的「作」「家」，恐怕有著什麼根本性的隱衷。《聊齋誌異》裡面有許多女的男的，俊俏伶俐，非常之需要讚美，非常之不求理解，一旦眼看要被理解了，便逃之夭夭。

那麼，大概總不外乎用「理解」這個方式去對待作家，是最受用的吧，在進程中，夾入幾個褒義的動詞形容詞，那就不必計較了。

＊

問：您如果不是花這麼多的時間寫作的話，您想您會做什麼？

答：騎馬。彈琴（Piano）。烹調川菜。去西班牙鬥牛，不，看鬥牛；午睡，那邊都午睡，小偷也午睡。我是為夜間寫作投資。

＊

問：在什麼地方（環境）您寫得最順意？

答：繁華不堪的大都會的純然僻靜處，窗戶全開，爽朗的微風相繼吹來，市聲隱隱沸動，猶如深山松濤……電話響了，是陌生人撥錯號碼，斷而復續的思緒，反而若有所悟。

＊

問：您個人是否覺得與社會頗為格格不入？作為一個文學家，您是否覺得自己與社會的主導價值、流行時尚頗有距離？

答：就人類社會的整體觀念的結構性而言，我容易認同並且介入。局部的一時的「格格」呢，能遷就的遷就，不能遷就的便退開（為了取得「退開」的能動性，花了數十年功夫）。另外則好在我從來沒有「作為一個文學家」的自我感覺。時常聽到別人在說「我們作家……」如何如何，覺得完全隔膜，反正別人的「我們」，對於我是「他們」（「她們」），閃身讓開，免得擋了道。關於社會的「主體價值」、「流行習尚」，最好能處於「導演」的位置上，不行，便希望處於「演員」的位置上，又不行，退而作觀眾。社會是個劇場，觀眾至少也在劇場裡，所以，若說「距離」，僅僅是觀眾席與舞臺的一點距離，有時坐前排，有時坐後排，有時坐包廂，十八十九世紀似的。總之「距離」不大，大了就看不清演的是什麼戲了——我是個戲迷，報紙上國際版、社會版的新聞每天看得仔細，文藝版娛樂版則一掠而過，不夠戲味。我想，既然宿命地是個戲迷，我不入劇場誰入劇場？大概是這樣，是這樣的。

*

問：假如您的作品有正面的社會、政治影響的話，您希望它是些什麼？

答：現代人（現代社會）缺乏或喪失兩種遠景：歷史遠景，理想遠景。舊信仰式微之後，新信仰沒多久就惡性地破滅了，再新的信仰，萌發不起來。如能憑藉「過去」和「未來」的兩極認知，結合為一個「觀點」，並有賴於文學的本體性所可能潛起的親和作用，便希望與讀者共取這個「觀點」，同事兩種遠景的執著，從而嘗試判斷，「現在」的失控，是否緣於「過去」的失落，必然導致「未來」的失敗。（這個世界性的荒謬圖景，表現在局部地域就特別彰著嚴重），「社會」、「人」變成不情不理無情無理的怪物。故以此反證：清醒於兩種「遠景」的存在感，尚能面臨「失控」的年代時畢竟有所抗衡，有所肯定，有所葆儲，有所榮耀，猶如古希臘人的「不丟盾牌」——道理粗淺如此，唯其粗淺，就不能不曲折盤旋地呈現它，才有可能近乎「文學」，即隱隱秉著這個棘心的意念，漫無實際的功利目的，兀自調理一群岌岌可危的方塊字，不使僭越「文學」的本體界範。事情就差不多了。書，大別之是兩類，一類水手讀，一類船長讀。我喜歡水手，原是想給水手取樂的，寫寫又寫得似乎是為船長解悶了。弄得兩方都嫌煩，水手嫌古板，船長嫌胡鬧——要是中國的文學作品果真能有正面的社會、政治的良好影響，那就太令人興高采烈了。在歐洲，這種事是有的，有過幾次。中國，看看像是有了，又沒有了。這種像是有了終究沒有了的事，給人以希望。但，還有一件事：莎士比亞，他的作品，對正面的社會、政治影響是些什麼？

＊

問：除了寫作，作家對社會還有什麼其他的責任？請列舉。

答：應得向「作家意識」明確的人請教。很想聽聽，到底作家除了把作品寫好之外，還有什麼責任可盡，而且確鑿是盡了的，以及正在盡和將要盡的總共有多少。更令人好奇的是：如果「其他的責任」盡得真不錯，盡得好透了，而「作品」寫得太那個，或者寫得有點近乎糟糕——怎麼辦呢？

＊

問：出版界對中國作家是否盡到應盡的責任？學術界呢？

答：出版界也很複雜哩，看不清的不談，看得清的是眼前的書，很醜，形式上很醜，反而不及三十年代的稚拙得有風味。中國傳統的書，極為雅緻，十分講究格調，在世界性的書的大觀中，自成典範，說明祖先們全然精通此道。這個人文高度的標幟已屬疇昔光榮，像古代衣冠，美則美矣，不為現代生活所許可。西洋的印刷機和技術（包括紙張、製紙法）傳來之後，局面別開，而奇怪的是：對於字體、版式、印刷、裝幀，整本書的形象效果，竟會歷一百年尚未融會貫通——不是小事，事情大在整個民族的文化教養、藝術常識上，出版界看不出自己的書的面貌是醜時，而據說讀者（購買者）就是喜歡豔俗、小家子氣那種樣子（書的作者們也頗安於現狀），供方摸到了求方的心理，推演為：愈豔俗愈小家子氣，銷路愈佳。那麼，從旁再加推演，十年百年下去，不堪設想的局面是堪設想的。

改善改良書的形象，有待整個民族新的人文高度的出現，單向出版界進諫，沒有用，出版界，能賣得掉的才是書。

學術界，「學術界」之與「作家」，似乎不存在「應盡的責任」，真有這樣一重精神生活上的倫理關係嗎？學術界所事範疇廣袤，對文學史、文學家、文學作品、文學思潮等方面的研究，僅是許多方面中的某些方面，如果這些方面的研究風氣盛，成果大，並不映證當代的文學創作繁榮，更不是說對作家盡了責。只有「文學批評」一項，如果出了優秀的批評家，高超的大批評家，與之同代的作家、大作家受其照耀，都可能得個什麼好歹名堂（但批評家、大批評家如果只對歷史上的作家、大作家有興趣，對同代的作家、大作家沒有興趣，那也不能埋怨他「不盡責」），反之，出了顢頇昏庸的文學批評家，那就只會亂了文學的「朝綱」，爭座位時，製造些專供外揚的家醜。所以，若論文學的學術活動，最好還是文學家自己來兼。西歐的情況，每每如此，尤其近代，創作的天才往往就是批評的大才，神而明之的詩人也博而精之地寫論文、作講演，出色當行極了。

從歷史上求證，文學的學術活動與文學的創作活動不平行的時期多，平行的時期少。學術昌明，創作暗澹，有之。學術疲苶，創作興旺，有之——歷史上是這樣，當今不外乎是這樣。而希望的是學術創作昌明興旺，因為歷史上也曾有過這樣的幾個平行期。

*

問：成為作家以來，您所付出的最大代價是什麼？

答：我的「以來」，只是投稿、結集以來。沒有「付出」而有「收入」，例如稿酬、版稅、贈書，都照收不誤。一定要說「代價」，除非是指自己花錢買自己的書，去送給別人，別人不喜歡，扔掉了——「代價」很小，付得起，以後也許還要送。寫作是快樂的，醉心於寫作的人，是個抵賴不了的享樂主義者。

*

問：您對目前市面的暢銷書排行榜的看法？可能造成何種影響？

答：商品社會不受文化制約，便反過來制約文化。文化一旦成為商品，必然變質。古典、經典之作也會被弄得面目不清。次文化大量上市，把更次一等的作為陪襯，「次文化」就正名為「文化」，至此「文化」名存實亡，至多作為裝飾，購買者是消費者，書是消費品。書市凋疲固非好現象，書市興隆何嘗是文化景氣。

法蘭克福學派成立之初，概然定了「文化批判」的題，幾十年來觀察思索，得出的模式是：文化＝意識形態＝操縱性工具。「當代」也真不笨，意識形態可以用和諧的假像覆蓋社會矛盾，文化成果不知不覺變成文化商品。法蘭克福學派獨創了一個詞「文化工業」，為了便於說明當代工業社會的文化，是經由對大眾心理的控制而發生作用的。所謂「暢銷書排行榜」，正是很格致的例證。

「文化」，原具有對現實的批判性、否定性、抉擇性（超越現實的追求），然而當代工業社會文化，連一點內心自由和精神上的判斷力也保持不住，整個世界淪為單向度的維護既成秩序的肯定性文化，以法蘭克福學派的目光來看，這是當代工業社會的極權性的普遍表現，追根一直追到廣義的「啟蒙」，浩歎為「啟蒙的辯證法」、「文化的宿命」——面對這樣的「世紀末」，區區比之霍克海默諸公，心情自更悒鬱，脾氣也愈急躁，然而從東方來的過客，眺見西方的人文背景畢竟還是深厚，多元之多，多元之元，總覺得其間葆蘊著什麼希望似的。

反思中國文化命脈的延續和發展，只能期許於社會的多元架構的締造。中國的現狀是，有的地區「元」而不「多」，有的地區「多」而不「元」，「文化」一直在商品和政令的夾縫裡喘息，中國文化可真經得起折騰，這個韌性，也許便是希望之所在，不妨提前「其言也善」，走著瞧而瞧著走吧。

仲夏開軒

答美國加州大學童明教授問

分身的欲望

問：如果我沒有記錯的話，您是一九八二年來到美國的，一直住在紐約，自八二年至今，您已寫了十四本書，其中有詩、散文、小說，中文讀者一般認為您是散文家，而您的小說也很奇特，中國修辭的幽雅微妙，與西方現代派行文的內向性逆反性，兩相融洽，如魚得水。現在您的短篇小說集即將有英文譯本，您能否向英文讀者談談您對自己的小說的看法？

答：我覺得人只有一生是很寒傖的，如果能二生三生同時進行那該多好，於是興起「分身」、「化身」的欲望，便以寫小說來滿足這種欲望。我偏好以「第一人稱」經營小說，就在於那些「我」可由我仲裁、作主，袋子是假的，袋子裡的東西是真的，某些讀者和編輯以為小說中的「我」便是作者本人，那就相信袋子是真的，當袋子是真的時，袋子裡的東西都是假的了。

問：依您的觀點推論，佛洛伊德對於夢和藝術之關係，其詮釋全然沒中肯？

答：沒中肯，原諒他吧，因為他不是藝術家。而梵樂希的說法與我同調：藝術與夢正相反，夢不能自主，不可修改，藝術是清醒的，提煉而成的。

西方的陶甄

問：在您的作品中，蘊藉著深厚的西方文化精粹，有時甚至使人覺得這是西方產的，西方文化究竟如何影響您？是您的文學的起點，還是終點，或是別的？

答：人們已經不知道本世紀二十、三十年代，中國南方的富貴之家幾乎全盤西化過，原因有三：一、大都會的殖民地性質輻射到小城市而波及鄉鎮。二、西方教會傳道的同時帶來了歐洲文明是系統的博洽的。三、成年人對域外物質文明的追求，便利了少年人對異國情調的嚮往。到了現代，西方人沒有接受東方文化的影響，是欠缺、遺憾，而東方人沒有接受西方文化的影響，就不止是欠缺和遺憾，是什麼呢——我們不斷地看到南美、中東、非洲、亞洲的那些近代作家、藝術家，誰滲透歐羅巴文化的程度深，誰的自我就完成得出色，似乎沒有例外，而且為什麼要例外，外到哪裡去？所謂現代文化，第一要義是它的整體性，文化像風，風沒有界限，也不需要中心，一有中心就成了旋風了。某西班牙畫家說，他望著雅典的帕德嫩神廟，感到世界上一切文明文化都是從這八根石柱中出來的。在生態平衡環境保護上，「我們只有一個地球」，在文化藝術上我們只有一位教師，黑格爾說「希臘始終不失為人類的永久教師」這句話時，我想並沒單指西半球的意思。我只憑一己的性格走在文學的道路上，如果定要明言起點終點或其他，那麼——歐羅巴文化是我的施洗約翰，美國是我的約旦河，而耶穌只在我心中。

問：您真誠的回答，很感人……

我想起一件趣事：黑格爾談到世界整體性時，將歷史的終點站設在柏林，您同意嗎？

答：笑話是不需要同意的。

中國之本尊

問：那麼您又是怎樣對待中國文化精粹呢？

答：中國曾經是個詩國，皇帝的詔令、臣子的奏章、喜慶賀詞、哀喪輓聯，都引用詩體，法官的判斷、醫師的處方、巫覡的神諭，無不出之以詩句，名妓個個是女詩人，武將酒酣興起即席口占，驛站廟宇的白堊牆上題滿了行役和遊客的詩。北宋時期的風景畫（山水）的成就，可與西方的交響樂作類比，而元、明、清一代代大師各占各的頂峰，實在是世界繪畫史上的奇觀。西方人善舞蹈，中國人精書法，中國的「書法」之道，是所有的藝術表現手段中，最彰顯天才和功力的一種靈智行為。雕刻呢，雲崗石窟華嚴壯美，似乎已是流貫於宇宙的默契。中國古代的陶、青銅、瓷的各式器皿，若與希臘、羅馬、拜占庭、伊斯蘭、埃及、印度的同類製品較量，中國古工藝堂堂獨步於世界諸大國之上。中國的古典文學名著達到了不能增減一字的高度完美結晶，而古哲學家又都是一流的文體家，你倉促難明其玄諦，卻不能不為文學魅力所陶醉傾倒，甚至像卡夫卡那樣在老子面前俯首稱臣。龐德、梵樂希憑直覺捉摸中國，克勞臺、波赫士依感官眷戀中國，達摩為何不去別處而要到中國來，這是禪宗的最大的第一公案。中國的歷史是和人文交織浸潤的長卷大幅，西方的智者乘船過長江三峽，為那裡的一草一木一山一水飽涵人文精神而驚歎不止。中國文化發源於西北，物換星移地往東南流，流到江浙就停滯了，我的童年少年是在中國古文化的沉澱物中苦苦折騰過來的，而能夠用中國古文化給予我的雙眼去看世界是快樂的，因為一隻是辯士的眼，另一隻是情郎的眼——藝術到底是什麼呢，藝術是光明磊落的隱私。

有限虛構

問：您的某些小說有自傳的性質，卻仍是小說，英文裡小說是Fiction（虛構），但Fiction不限於故事的營造，尼采說「凡是可以想到的，一定是Fiction」，Wallace Stevens亦說「也許最後人們相信的是Fiction」，您說呢？

答：尼采的那句話，我寧願讀作「凡是可以想到的，已經是虛構的」，而Wallace Stevens的那句話，聽起來又像歎息又像祈禱，不過小孩是相信虛構的，老人也回過去相信虛構了，只有青年中年人熱中於追求非虛構。大而精緻的虛構使人殉從，托瑪斯・阿奎那的神學的懾服人心就緣於此吧。而小說的虛構是很小的，稍大便成了童話神話。夢中情人與林中情人哪一個更可愛，你不用回答，因為，就是這個人。

「二律背反」間的空隙

問：還有一種傳統的定義，認為虛構小說一方面是編造的，另一方面是真實的，似乎自相矛盾，其實就是「二律背反」，是麼？

答：當康德發現「二律背反」時，幸虧他有足夠的自制力，否則鄰居們將再也不見這位紳士下午出來散步了。我們只限於談小說。那麼，你可曾覺得二律之間有空隙，那終於要相背的二律之間的空隙，便是我遊戲和寫作的場地。

主體（主體＋客體）

問：我還想追問「自傳」一事，您究竟怎麼考慮和處理「往事回憶」之類的題材，可否講得更詳細些？

答：我喜愛的並不是「往事」，而是藉回憶可以同時取得兩個「我」，一個已死，一個尚活著，中國的傳統風尚是「死者為大」，譬如說，官吏威嚴出巡，路人肅靜迴避，途遇送殯的行列，便自行讓道，不論棺中的是貴族是庶民。現在的我也總是以尊重的目光來看過去的我，但是每每將一些「可能性」賦予了從前的我，或者說，當時我想做而沒有做的事，我要他在小說中做了，所以有一位批評家就指出我慣用的公式是：

主體（主體＋客體）

就是這個「主體」在看「主體看客體」——你說講詳細些，第一個問題的回答中不是已經講過了嗎，再講則又像「往事回憶」了。

散文與小說

問：雖然為散文與小說作區別也許是徒勞的，更不必加以對比，但能否把兩者的基本性質分一分？

答：散文是窗，小說是門，該走門的從窗子跳進來也是常有的事。

印象與主見

問：有時您稱自己的小說為「敘事性散文」，可以稍作解釋嗎？

答：長篇小說，我另有定義，我的那些短篇小說，都是敘事性散文，就像音樂上的敘事曲。哈代曾說「多記印象，少發主見」，每隔一段時日我就會想起這句話，凡記印象的，當時和事後都很安逸，發了主見呢，轉身便有悔意，追思起來悻悻不已。現在我用的方法是「以印象表呈主見」，如果讀者感受了我鋪展的印象，他們自己會有主見，或許與作者的主見相合，不合呢，也罷。「主見」是一條一條的船，「印象」茫茫如海，很多人在做著船大於海的好事哩，昆德拉奮力頌揚福樓拜，又克制不住要寫些使福樓拜見之蹙眉的章節。我希望這個「以印象表呈主見」的方法漸漸能用得好些，現在還沒像蕭邦、舒伯特他們用得好。

問：有人純事印象，我覺得也不成其為藝術。

答：單就寫作技法而言，珍珠是印象，穿過珍珠的線是主見，這樣就是一串項鍊，線是看不見的，是不能沒有不能斷的。

思想與接吻

問：您的散文所涵蓋的思想面積很廣，而在小說中您卻很少顯露稜角鋒芒，細讀時又感應到一種難以指名的哲理氛圍，那麼，您的小說究竟有沒有所謂「思想性」？

答：「思想」為何不端坐在論文的殿堂裡，而要踅到小說的長廊中來呢，「思想性」只能成為小說的很遠很遠的背景，好像有一條低低的地平線的那樣子。小說的中景，尤其是近景，不宜有思想，思想是反對接吻的，而且常會冒出濃煙，那是要使人咳嗽的。

散步散遠了的意思

問：可以說您是一位流亡作家嗎？如果是，那麼可否將您自己與其他國族的流亡作家做個比較？

答：如果我十四歲時有人稱我為流亡作家，那是會很高興的。流亡，大抵分兩種：名列通緝令者，黑色流亡。漫遊各國住五星級旅館者，玫瑰色流亡。二者我不居其一。喬伊斯認定「流亡就是我的美學」，我只覺得「美學就是我的流亡」，觀念世界的無盡飄泊，各安各的宿命，要說外在世界呢，本世紀的流亡作家分兩代，舊俄羅斯蒲寧他們一代是倉皇脫根而去，後來在外國都枯萎了。東歐、蘇聯、南美的新一代可就身手矯健，「我在巴黎便更其布拉格」云云，我稱之為「帶根的流浪人」，枝葉茂盛碩果纍纍。鄉愁呢，總是有的，要看你如何對待鄉愁，例如哲學的鄉愁是神學，文學的鄉愁是人學，看著看著，我是難免有所貶褒的，鄉愁太重是鄉愿，我們還有別的事要愁哩。若問我為何離開中國，那是散步散遠了的意思，在紐約一住十年，說是流浪者也不像。

動物性・植物性

問：當今的世界文學範疇內，許多作家——更多評論家——都強調作品的民族性、區域性，您是中國人，寫中國題材也寫西方題材，您是否更關心「人」的普遍性，您認為「人」、「人性」，這類問題應該如何對待？

答：你的提問中也許含有要廓清「東—西」、「南—北」的文學批評界的紛爭的意向，那是政治偏見折射在文學上的刀光劍影，難說哪一刀是對的哪一劍是錯的。如果認為普遍的人性即歐洲文化規定的人性，那又捲入「歐洲中心論」了，我已說過：凡倡言「中心」者，都有種族主義色彩，企圖形成旋風，就有害無益——政治偏見，種族主義，不是我們要談的事吧。

問：那麼就談「民族主義」和「人的普遍性」？

答：這是在大地缺乏鹽份的危機時期，才會擾攘起來的問題，經上說：如果鹽失去了鹹味，再有什麼能補償呢，我掛念的是鹽的鹹味，哪裡出產的鹽，概不在懷。以民族性區域性來規範藝術作品，開始時還像是擴大了民俗學的研究陣地，到後來卻在辨別誰家的鹽是甜的，誰家的鹽是酸的了，其實梅里美他們嘲笑「地方色彩」，愛因斯坦也說「民族主義是小兒天花症」，都早已看透這種既囂張又自閉的不良心態，民族主義者很像布萊希特的《高加索的粉筆圈》裡的那個總督夫人，為了爭孩子，拉痛拉斷孩子的手臂是在所不惜的，因為她是母親呀，民族呀……我們還是回過來談「大地的鹽份」吧，紀德在晚年收到一封非洲青年的信，信中就是一番世紀性困惑的反思與前瞻，紀德說：「這是大地的鹽份，使老得行將就木的我不致絕望而死去。」事隔半世紀，「人」要絕滅「人性」的攻勢愈演愈烈，而我所知道的是，有著與自然界的生態現象相似的人文歷史的景觀在，那就是：看起來動物性作踐著植物性，到頭來植物性籠罩著動物性，政治商業是動物性的戰術性的，文化藝術是植物性的戰略性的，今後的勝負成敗我不欲斷言——我有的不是信心，而是耐心，中國人的耐心好得出奇，這算是我個人的「民族性」和「區域性」吧。

問：福克納一九六二年在西點軍校答士官生的一段話中有說：

「如果民族主義進入文學，便不再有文學。我再講得詳細些，我的意思是，值得詩人去寫，值得人們去創造音樂、繪畫的那些問題，是人的心裡的問題，與你屬於哪個種族，膚色是什麼，沒有一點關係……」

答：是嗎，福克納說得直白。

問：文化藝術的植物性，植物性的戰略性，這個論點大可發揮，請您繼續演繹下去。

答：已在別的文章中有過初步的申述，以後還可能尋機會作些論證，這次就點到為止吧。

生—死·死—生

問：尼采說上帝死了，尼采之後如是說的人更多了，上帝之死現在被一些理論家引申為人文主義之死，尼采確曾認為與那個主宰道德世界的上帝相輔相成的人文主義隨上帝俱亡，然而尼采呼嘯的「悲劇精神」是什麼呢，可不是更高深更遠的人文主義嗎？這似乎又是二律背反？尼采還說：上帝之死，只是被人們模糊地理解著。您是怎樣看待這些生生死死的？

答：問題愈談愈大，也愈黑，我向來只是劇場中的後排觀眾，你要我突然坐到前排靠近舞臺，又何苦呢。

問：這是您的「東方態度」，西方作家不諱言「大問題」。

答：你用的策略是中國的所謂「激將法」，我非「將」，激了起來也枉然，還是聊聊文學的家常吧，剛才還在說什麼「遠遠的地平線」，怎麼讓「地平線」跑到客廳裡來了。

問：打發掉這條「地平線」，我們就結束這次夜談，明天我可以回校銷差了。

答：「問題」不傻，回答這種問題是很傻的。

中國的成語「哀莫大於心死」，就是指這種地步和狀態，還有兩個成語，叫做「絕處逢生」，叫做「置之死地而後生」，又是很可愛的逆論。眼前的時局和世道是：多數人忙著將傳統的「人文」推向絕處死地，他們不知道他們做的究竟是什麼事，因而更加飛揚跋扈。少數人想挽留「人文」，他們知道要做什麼事而做不了，愈發顯得優柔寡斷。於是大家一起到了絕處死地——「絕處逢生」是僥倖的，機遇的，至多是一項軟規律，那「置之死地而後生」呢，是強梁自為，兵法家的極限決策，我之所以引用這兩個成語，並非有待機遇僥倖來紓解目前的絕處困境，也不以為有偉大的兵法家來驅使眾生至死地去，只是感覺絕處死地有可能出現「再生」（Renaissance），感覺，毋需理由，如果定要說個理由，也是簡明的：人文主義人文精神既然會遭厭惡，那麼拋棄「人文」的那種「主義」和「精神」也將被厭惡而拋棄。你說「上帝之死」與「悲劇精神」似乎成了二律背反，我以為不是二律背反，而是揚棄和昇華，與上帝偕亡的「人文」是基督教的苦澀的信仰和未來的期許，而上帝死後的「人文」

是狄奧尼索斯的快樂的智慧和現世的歆享，所以顛之倒之，骨子裡仍然是希伯來思潮與希臘思潮的消長起伏。尼采的原話"Death of God a Phrase Dimly Perceived"，「Dimly」你譯為「模糊」，如作「晦冥」解，或許更近乎尼采的本意，因為人們乍聽到「上帝死了」，便覺得眼前一片晦暗，自己也就更加冥頑不靈了——其實這件大事，倒可用這麼小比喻來和解詮釋。經上說：如果麥子不死，何來金色的麥田，上帝和麥子一樣，是自願死去的，可是金色的麥田沒有出現，希伯來的和希臘的這樣兩大思潮不再互為消長，都快消失殆盡了。至於文學家個人的幸與不幸，則在乎一己所遇的是什麼樣的朝代，我以前總認為自己坐的是夜行車，駛過風景極美的地帶，窗外大片黑暗，玻璃映見的是自己的臉……而今漸漸看到一層薄明投上車窗來。為柏林牆的推倒，我寫了一首詩（〈從薄伽丘的後園望去〉），目睹蘇聯的崩潰解體，我又寫了一首更長的詩（〈彼得堡復名〉），艾略特所見的是沉寂的「荒原」，我們面臨是喧囂憤怒的「絕處」、「死地」，但仍能聽到陣陣鐘聲，聞者知是報喪，不知是新的福音，我們還參加過敲鐘人的生日派對哩。

問：木心先生，請允許我在訪問終了時，祝福您新的開始。

答：謝謝。

遲遲告白

一九八三年至一九九八年航程紀要

散文起緣

我與文學的因果，尚不欲作整體性的煩冗回顧，只想把離開中國後的十六年，作一番輕捷的掠視，這樣做，是為了我要開始新的航程，自當拋掉累贅的東西。旅行最怕的不是關卡，而是自己的行李。

憶昔自少及壯，我從未寫過「散文」，西席老夫子命題無非「小勇與大勇論」等等，新派家庭教師是杜威博士的徒孫，又是什麼「精神生活之詮釋」之類，是故唐宋八家桐城竟陵只好當作閒書偷著看。後來的幾十年我也只寫論文、小說、詩，如果有誰說：何不也寫寫散文？我會答：「難道我已落到這等地步？」我之顚頇一至於此。其實在閱讀上我也很愛看《永州八記》、《浮生六記》，以及蘭姆、巴斯卡……凱撒是散文之帝，大小普林尼，謬託知己，但要我寫散文，那是不行的。

來美之初，單純作個畫家，倒也糊塗而鬆泛，畫可以賣錢，錢可以買酒，帝力於我何有哉。不料造化弄人，像夏卡爾所畫的，從艾菲爾鐵塔那邊飛來一對天使，男的說：爾當作文章，寫了交給我。女的說：你答應，我們就回巴黎，不答應，我們坐在這裡不走。男女天使一起說：不要結婚，要寫文章——記得我當時確乎昏昏沉沉清清楚楚地允承了下來，街頭送別天使後上樓就寫，一寫十六年。命運之神有兩隻手，這手安排「那」，那手安排「這」，我是一介既不抗命也不認命的碌碌凡夫，而能守信於諾言之踐履：是不結婚，是沒有停筆。

「諾言」振起的不即是「文學家」的復甦，而先是「兵法家」的返祖——寫，可以。發表，有方。成敗關鍵在於取什麼態度用何種體裁。

詩——看的人少，懂的人尤少。小說——轉撥太慢，難顯身手。
論著——報刊不用，著毋庸議。
散文，唯散文方可胡亂揮霍，招搖過市。

當我定奪以散文作為阿世的曲學時，也就決策：一反過去的平淡迷離，而強使自己粉墨登場了。

漫長的年月中，我寫那麼多自己不願寫的散文，像是在代筆、在辦公、在贖身。我秉持「玩世不媚俗」的原則，瞞過了編者和讀者，誰也不知我寫散文是我自己所勉強的乃致是嫌煩的，偶爾試試我從前的寫法，立即引起埋怨、反彈，我連忙收縮，膽小得玲瓏剔透，怪可憐見的。

粉墨登場，粉墨是人事，場是天命，從一九八三年至一九八九年，紐約的華文報業是個空前的興旺期（不意真的絕了後），那時，《中國時報》、《世界日報》、《華僑日報》、《北美日報》，都把文藝版認真當一回事，海外的華文作者們起勁投稿，無形中存在著那麼一個「海外華文文壇」（文壇是無形的好，有形的文壇是祭壇）。而媒體總是先要為自己做媒，幾乎每月一次舉辦座談會或宴請作家歡聚，文藝版的主編都十分敬業，殷勤斡旋，人氣文氣，煞有介事，也是我寫得最快發得最多的一段歷程。後來《中國時報》先關門，八九年後《華僑日報》、《北美日報》相繼閉戶，就此冷落下來，殘照也不當樓矣。以前在會議上筵席上頻頻晤談的一批文人霎時銷聲匿跡，似乎氣數已盡天命難違。

當時在一次宴會中，某女文人上來寒暄，而後道：「木心，你在歐洲走了好多國家才到美國的嗎？」對曰：「是呀，像夢遊一樣。」——我從上海到紐約，什麼地方也沒有去過。又一次在時報主編特邀的座談會上，有一大鬍子的中年紳士移位過來與我通款：「我拜讀過大作〈恒河・蓮花・姊妹〉，佩服佩服，那真是深刻、懇切，觀察精到呵。」他是聯合國駐印度的外交官員，所以對我這篇散文特別留意，他又問：「木心先生在印度住了很久吧？」我答：「也沒多久，浮光掠影淺薄得很，請多多指教。」他又感慨道：「我們坐辦公室的人只與資訊數據打交道，比不得你們文學家既理性又感性，才能寫得如此鞭辟入裡，真是好文章，深入人心呵。」——我急等有人來打斷我們的交談，因為我的腳從未踏上過印度。

此二例，或已足道明我「粉墨登場」的無奈與諧趣。如果對那女文人說我沒有去過歐陸，對那大鬍子紳士說我未曾僑居印度，他們會發窘，落空失重，局面非常尷尬。所以一定得說「像夢遊一樣」、「也沒多久」。而後來我盤桓英倫，遍歷南北歐，反而畏於描摹目擊親炙的那一切，但丁如果真的下地獄上天堂，他也寫不出《神曲》。憑資料加以推理想像，才有我的快感，才能將快感傳與讀者，不如此，何足以語文學（何足以活躍於社交場），「粉墨」可不是「欺騙」，是優伶本色。

知名度哪

某編輯將我文中的「穿花蛺蝶」改為「穿花蝴蝶」。她不明我之用「蛺」，典出杜甫，古時尚不分粉蝶弄蝶蛺蝶，故以蛺蝶為蝶類總稱，杜詩「穿花蛺蝶深深見，點水蜻蜓款款飛」，我覺得「蛺」的音韻勝於「蝴」，便借來一用。如果是民國初葉或三十年代的報刊編輯，這點小知識總是有的，而今卻被認為我連「蝴蝶」也會寫錯——後來見面時謝了她的改正。

另一位編輯收到我的短篇小說〈夏明珠〉，覆信大加讚賞，尤其是那句「風月場中金枝玉葉的人」，真是可圈可點。他提議篇名可改作「滄海月明珠有淚」，因為故事發生在上海，主角名叫明珠，結局很悲慘，所以滄海月明珠有淚，再巧也沒有了——這是一種舛戾的風氣，怎麼都順手牽羊般地借一句唐詩來作文章文集的題名，古人是絕不會這樣沒自尊的，「五四」時期未見有無聊如此者，弄雅成俗何其酸腐憊賴，誠不知誰是始作俑者。

我當即函謝編輯先生：承蒙賜題，不勝榮幸，「滄海月明珠有淚」，實在妙極了，虧您想得到……

於是，很快就刊登出來，大大的標題，端的是「滄海月明珠有淚」，最佳版位，精緻配圖，一個少女倚枕而泣，背景是十里洋場外灘風光。

當我的小說集出版時，復名「夏明珠」，好像從泥潭裡爬上來趕緊洗個澡，透口氣。

曾有某報編者問：「你認為中國作家中誰最有希望獲得諾貝爾獎？」我答：「不知道——只知三種必然性：一、是個地道的中國人。二、作品的譯文比原文好。三、現在是中國人著急，要到瑞典人也著急的時候，來了，拋球成親似的。」這段話被某作家扼要節引到他的書裡，認為「一針見血」，什麼血呀，如果譯文比原文好，那麼原文是什麼東西呢，這種貨色也值得販賣嗎？得獎，是中國人在瞎起勁乾著急，瑞典人急個啥，而我的話尾是「拋球成親似的」，鄙夷之意，顯而易見，整段話句句字字是諷刺，竟被當作正面的講道理：中文作品全靠外文譯得好，中國人得獎要等瑞典人發急——「一針見血」，見的是誤解者的血。但有人喜孜孜地傳告我：某某在他的書中多次節引你的話，他對你欽佩得不得了。

我成立了一個公式：

「知名度來自誤解。」

當此際，也冷眼看清自己前途的黯澹，我是抱著「人人因被人認識而得益」的信念而來到西方的，不料所得的仍是中國人對我的誤解，區別只在於昔者是天網恢恢的整體的惡意誤解，今者是眾生芸芸的散點的善意多惡意少的誤解，惡意的誤解置我於絕境，善意的誤解賦我以生路，坎坷泥濘，還是要走。

「兵法家」的返祖現象更彰明起來：廣攬誤解，以提高知名度。萊奧納多・達文西的公式是高貴的：「知與愛成正比。」知得愈多愛得愈多，我的另類公式是卑汙的是「誤解與知名度成正比」，誤解愈大知名度愈大。

一九八四年，「知名度」已臻及可以辦一個「散文個人展覽會」了——臺灣要創製一份最大型的華美的文學期刊，《聯合文學》，主編向我提議：推出一個「作家專卷」，包括散文個展、答客問、小傳、著作一覽，要在短期內完成而即付快郵。

區區自費留學生，每週至少三天要去學院進修，而在此時期日常撰文脫稿即發，以應紐約各報之約，實在沒有庫存可提，《聯合文學》創刊號出版的日期已公佈了，我連說聲「有困難」也是多餘的，所以我一口答應：好，準時寄到。

時維孟夏，寓處悶熱，蓬頭跣足，束緊腰帶，這是一場惡戰，「自」與「己」戰，戰贏了才好與「世」戰。

不堪回首而實堪回味的那些朝朝暮暮，單間小房，下臨大街，囂嘈不舍晝夜，一條支路直衝我的窗子，風水是極凶的，我望之只作「前程遠大」觀，陣陣薰風中，我埋頭疾書──〈明天不散步了〉、〈恆河・蓮花・姊妹〉、〈遺狂篇〉、〈哥倫比亞的倒影〉……上學院簽個名，躲進圖書室，寫，來回的地鐵中，寫，噢，過頭三站了。

少年讀普魯斯特的《睡眠與記憶》，在文體上一見鍾情，旋即想到用意識流手法寫長篇小說是不智的，幾乎是不可能的。後來讀《追憶逝水年華》，果見流流而流不下去只好上岸，繼之契機復起，又流了，又塞住。喬伊斯還不也是這樣，吳爾芙夫人強持到底，作者累壞了讀者也累壞了——生命、生活、生態、生靈，並非全以意識流為中邊、為起訖的，迫使意識流為萬能文體，「意識流」也就不高興，成了「意識漏」了。

我用意識流手法寫散文，或許與蕭邦作鋼琴曲稍有類似的之處，他的「即興」、「敘事」、「練習」，我聽來情同己出，輒喚奈何。而且他也不用ff，不用pp，強弱（輕重、快慢）是比較而言，毋須製造。文體家先要是個修辭學家、音韻學家，古義的音韻只在考究個別單字，宋朝的幾位大詞家就已是以作曲家的身份出入文學了。反過來說也對：蕭邦是音樂上的文體家，音樂上的意識流大師。

食不定時，睡眠短缺，頸際腋下奇癢難耐，無非是天熱汗多，那麼久不洗澡不更衣，皮膚發炎了。

稿成即寄，從郵局回來，頭等大事是洗澡，覺察紅T恤的反面有異，領圈、袖根，爬著白色的蝨子。

一九八二年初秋，我離上海時，朋儕送行到機場，賦詩為別，詩曰：

滄海藍田共煙霞　珠玉冷暖在誰家
金人莫論興衰事　銅仙慣乘來去車
孤艇酒酣焚經典　高枝月明判鳳鴉
蓬萊枯死三千樹　為君重滿碧桃花

只是行過

從一九八三年至一九九三年，這樣就寫了十年散文，之後，報刊和雜誌上不再出現我的名字和作品，除了兩三篇應時的悼文。

昔俄國大鋼琴家安東・羅賓斯坦，在名滿天下之際，突然退隱，苦修十年，重登舞臺，那真是非常之闊氣的，我夠不上這種瑰意琦行，只是倦於「粉墨」，暫且下場。寫，一樣在寫，寫得比以前更多。不發表，也不出書。擊異國之壤而歌曰「日出而寫，日入而改，知名度於我何有哉」。以粉墨登場而換來的知名度是「行過」，洗盡鉛華至心朝禮於藝術才有望於「完成」，我在〈戰後嘉年華〉中再三感歎「我曾見的生命，都只是行過，無所謂完成」。現實中，所見者小，而在歷史上，就大有人真是完成了才離開世界，而其業績從此與世共存——暢銷書是行過，經典著作是完成。賽珍珠、辛克萊是行過，福克納、麥爾維爾是完成。捷爾仁斯基的銅像是行過，普希金的銅像是完成。希特勒《我的奮鬥》是行過，凱撒《高盧戰記》是完成。流行歌曲是行過，《未完成交響樂》是完成。馬戲團小丑是行過，卓別林是完成。英國皇家是行過，邱吉爾是完成……

記得我臨離中國時，專程去北京向親友們告別，大甥婿說：「舅舅的畫到美國展覽一定會成功，而人生呢，最好是沒有名利心。」我說：「你是哈佛劍橋雙博士，國內拉丁文第一人，又是大銀行家的長子，所以最適合講這樣的話，要脫盡名利心，唯一的辦法是使自己有名有利，然後棄之如敝屣。我此去美國，就是為的爭名奪利，最後兩袖清風地歸來，再做你們的邦斯舅舅。」說得大家只好笑起來——不要名不要利，是強者，而多半是無能的弱者，我不取「陶潛模式」，寧擇「王維路線」，且把紐約當長安，一樣可以結交名流，鬻畫營生，然後將 Forest Hills 當作「輞川別業」，一五一十地做起隱士來。「隱」者「癮」也，我已上過兩次癮，一次是離群索居於杭州莫干山，後來下山重入紅塵，只想逃上山去再作半仙。另一次是「浩劫」期間，被幽囚在地牢中，一燈如豆，兩年過去了，我害怕釋放，因為飯來伸手，清淨無為，不願重上地面活受罪。那麼，現在是第三次上癮了——夜十時寢，晨五時起，「燈光與黎明之間」梵樂希是這樣形容的，他也最愛在這段時間中寫作（不過他是處於地中海邊，清涼朝泳之後）。編者、讀者、評者、出版者的概念都模糊遠去了，講演、辯論、沙龍夜譚的才情和欲望都風平浪靜了，我在燈光與黎明之間寫出：《巴瓏》、《我紛紛的情欲》、《詩經演》，以及《偽所羅門書》……

三位讀者

以前，朋友們稱我為「對讀者心存敬意的人」，我自問無愧於這個稱號，而十六年來，心跡已漸晦淡，彼者不像是秉誠閱讀，倒像是尋釁調排這個著書的人，那，沒門兒。由於我長時的息影，臺灣的讀者群已告寥落，而在我的心目中也只剩這樣的三位：一位是同輩的，比我大幾歲。他從報端看到我的〈上海賦〉的前四章，就寫信來了，噢，一手好字，中英俱佳。他說：自離上海到臺灣，數十春秋每興鄉愁，總想寫些懷舊的文章，而一執筆，疇昔印象紛至沓來，不知如何著手才好，今讀〈弄堂風光〉及〈亭子間才情〉等篇，方始明白原來寫上海是要這樣寫的。他希望我再寫下去，信的結尾一句：「你比上海人還要上海人。」——後來我是挖空心思地續寫兩章（談上海人的吃和著），不知怎麼一來忽然斷電了，大概就是因為我比上海人還要上海人所以到底不是上海人。而他是老上海，真正賞識〈上海賦〉的大阿哥。

另一位讀者是從臺北來紐約學美術設計的，暑假返家省親，逛書店發現三本新書，她認為好看極了，紅、黑、灰，翻開來，四個字四個字，一點也不懂，但不是捨不得買而是捨不得不買，便帶到紐約學校裡來給大家看，都說非常好看，她是我朋友的兒子的同學，一心想得到詩集作者的簽名，我就一本一本簽了三個名。

第三位讀者，在臺灣中部，開了一家小餐館，只有幾張桌子，館名「素履之往」，我的散文集《素履之往》並不艱深但也非通俗讀物，如果這位讀者只喜歡這四個字，我也是樂意奉贈的。

（典出《易經》）

一位是看透了我的〈上海賦〉，所以我高興。另一位是看不懂我的《詩經演》而買了我的書，所以我高興。再一位是異想天開，異想店開，用了「素履之往」作店名，所以我高興——我安於幸於這三位讀者之真實存在，不作第四位想。

誤解，承當誤解，有時也使人樂得什麼似的，在家傳的六韜三略上我添了個眉批：「逆來順受則順。」

一位常見名於報端的撰稿人寫道：「自從木心出現於海外華文文壇，真可謂星光熠熠，四方矚目，而近來讀木心的新作，文風變了，令人不知所云，唉，這個年輕人走上了詭譎的道路，實在太可惜了。」——他「老人家」以為我是「新秀」，初試啼聲的小公雞。如果他獲悉我比他年齡大，就不覺得「太可惜」了。

還有一位不時寫寫書評的半老作家，專文估價了我的《瓊美卡隨想錄》，說：木心的散文字句精煉，意象奇妙，沒有一點「大陸氣」，所以，「老中青的作家都該向木心學習」（原句），「可惜的是他躲在象牙之塔中，不關心政治」（原句）——怎麼他沒有意識到自己的語言一派濃重的大陸氣，而且「象牙之塔」云云，是老掉了象牙的新名詞，「政治」嘛，我在紅塵中打滾幾十年，現在是「下野」，就算軍閥下野也是要栽花蒔草的呵。

更樂的事還有——「人入中年，特別嫉才……木心的文章，我向來不服，尤其幾位好友，把他當神一樣崇拜，更令我憤慨——都是過了四十歲的人了，還搞個人崇拜的把戲，未免丟臉？但是最近讀到〈從前的上海人〉，我不能不承認，木心的確有兩把刷子……簡直是色、香、味俱全——不，還包括聲音，我從未看到過寫一個城市，能寫得如此夠味，讀後入迷，連嫉妒也忘了……」——一位知名度相當高的作家，如此真心畢露，實在難得。

海峽兩岸的兩套意識形態，決定了兩類文學模式。海外的華文活動只是其延伸，難成氣候。我向來不就大陸的語言霸權之範，彼此「異己」，倒也乾脆，而與島上的文學主體和媒體作周旋時，始終保持了側身的客席的姿態，不介入其時尚、風氣、是是非非——異端自有異端的牌理，或說異端首先異在牌理上，且是最執著於牌理的嚴密性。

陸上的意識形態是顯性的硬體的（在趨軟），島上的意識形態是隱性的軟體的（在趨靡），唯其隱而軟，島民不以為自己受籠罩控制，呈現為文學表象時，就來了靡靡之音，靡靡之文，靡靡樂死，靡靡送生。什麼景中有情，情中有景。什麼圓融觀照，天人合一。什麼性情中人，持平常心。什麼我不入地獄誰入地獄。什麼張力、肌理、心路歷程，美麗的錯誤……

起始，我的「粉墨效應」使人眼花撩亂，《聯合文學》的編者畢竟高明，他為「個展」所作的按語就點到了穴道：「迴然絕塵，拒斥流俗。」不過我那時的層次還很低，灰塵滿面，與俗共舞，哪裡就敢拒斥，只是反媚俗的反骨被摸到了：怎麼此人景中無情，情中無景。怎麼天不由人，人貴獨立。怎麼自處於性情之外，寵辱難驚。怎麼心是個不平常的東西，平常心就是沒有心。怎麼叼著紙菸進天堂，騎著白馬入地獄。怎麼從來也不肯用張力肌理心路歷程不犯美麗的錯誤——善意的無知激化為惡意的無知，「必誅異己」的用心是時時可見字字可據的，但是曾經與顯性的硬體的意識形態較量過來的「異己份子」，要應對隱性的軟體的意識形態，那真是綽有餘地了，何況餘地之地乃是指歐美，甚而指世界。於是我再一次擊異域之壤而歌，歌曰：「日未出而作，日入而不息，意識形態之帝力后威於我何有哉？」

文化潛流

過去的幾次「答客問」，除了飭換個別字，全貌一仍其舊，胡說、八道、假語、村言，正體現出當時施粉之厚，塗墨之濃，急功近利之心切。而今披閱檢點，俯憫疇昔強自作謔竟至於斯。聯想起《牛虻》中的亞瑟，他流亡南美，曾充當過馬戲團的小丑，那麼我不過是換在北美罷了。有人說我不免用「大字眼」，可不是嗎，小丑的嘴巴都是畫得大大的，人家不遠千里而來訪問，就要你說幾句大話才放你過門，這是雙方共持的「賣點」呀。文質彬彬的小丑那是二丑，二丑我不做，你做。

關於評者對我的貶褒，我一向是麻木的，就像愛因斯坦所說：「敵人的箭紛紛射來，我安然無恙，因為他們射中不是我。」我的詩文本來不成其為陷阱，但那些評者接二連三地跌了下去，顯得是個無底的陷阱。

我早在回答時報編者問中已經說過，這不僅是「知識的貧困」，更是「品性的貧困」。我對法國大批評家聖佩甫也失敬得很，他是知識的富翁，而品性的貧困還不一樣毀了他的名聲？歷史還公道於人心，不必以公道還我，彼者無身無名可滅，江河自然不廢而大流，杜子美知之，予亦知之。我又早在〈戰後嘉年華〉中聊表寸衷：「會稽雞，不能啼。」弗明這個典故，那是「知識的貧困」，但問明之後恐怕「品性的貧困」更其惡化猖獗。

愛默生覺察到美國的文化從社會表面看是荒漠的，街道上沒文化，店鋪中沒文化，娛樂場所更沒文化，然而文化還是在流，在生活的底層流，所以只好稱作「潛流」。以前，以前的中國也是如此，少小的我已感知傳統的文化，在都市在鄉村在我家男僕的白壁題詩中緩緩地流，外婆精通《周易》，祖母為我講《大乘五蘊論》，這裡，那裡，總會遇到真心愛讀書的人，談起來，卓有見地，品味純貞，但不煩寫作，了無理想，何必計畫，一味清雄雅健，顧盼曄然，晏如也。你若約他一同去買書，步行二十里不出怨言。讀到了傑作，談一個通宵略無倦容——這類文學的信徒、文學的知音，代代輩出，到處都有，所以愛默生也會覺察到這個偉大的「潛流」之存在，他說說又沒說下去，愛默生總是這樣，其實還可以說下去：如果有一時期，降生了幾個文學天才，很大很大的，「潛流」冒上來扈擁著「天才」，那成了什麼呢，那便是「文藝復興」，或稱文學的「盛世」，「黃金時代」。不出大天才，出些小抖亂，潛流是不升上來的——目前的中國，這流傳兩三千年的精神命脈是斷了，文學的潛流枯涸而消失，真像是受了最刻毒的咒詛。

巴士海峽那邊的文化人士來信道：「得知歐美文壇學界對先生的作品有深入研究，不禁感歎此間文學市場的困窘，新新人類的閱讀口味是令人汗流浹背的……」另一位詩人兼教授的編輯在電話中明朗地說：「讀了你新的詩集，多棒呀，我送你四個字：重振雄風。我們這裡呢，什麼也沒有，除了新新人類什麼也沒有。」

大陸書市興旺，各地書店如雨後春筍，熱門書一銷二十萬本，那又是怎麼回事呢，那是：「文化斷層，一片繁華，就是這繁華使文化斷盡，再也接續不起來。」那些書都是玩文化於股掌之間的邪門兒產物。世界名著呢，以前專家的優良譯本不再版，剛愎自譯的新版本一塌糊塗，足夠證明世界上壓根兒沒有名著——從前的雅健清雄的文學的信徒文學的知音，似乎都沒有留下後代，書也絕版，人也絕版。

海峽一岸是自絕於傳統文化，曲解了世界文化，海峽另一岸是曲解了傳統文化，自絕於世界文化——文化斷層必然是連帶風俗習慣人情世故一起斷掉的，所以萬劫不復。這一徵象倒真是中國特色，別的文化古國不致斷得如此厲毒酷烈，肇因是海峽兩岸各有其意識形態，而相同的一點是價值判斷的混亂，混亂的結果是價值判斷之死亡，無所謂價值，不需要判斷，渾渾噩噩的咬牙切齒，捕風捉影的順我者昌逆我者亡。

西方人兮

維瑪・波特（Vilma Potter）說：〈ＳＯＳ〉內蘊著莎士比亞四步韻詩的節律，我要用此風調來翻譯它，以呈現這篇小說的奇妙潛質。唐納德・強肯斯（Donald Junkins）說：這一集短篇小說，篇篇精彩，如果要投稿，別把〈SOS〉和其他的作品放在一起，這會被忽略的，應當先讓其他的作品刊登了，再把〈SOS〉拋出去，人們才知道這是一顆明珠（〈SOS〉原文在臺灣發表時，被排在極次要的版位上，大概誰也未曾注意）。

維瑪．波特，馳名歐美的小說家，她將英譯的王維的詩再以法譯奉獻於歐洲文壇，獲得極高的評價，她是加州州立大學洛杉磯分校之瑰寶，校方以她私人的名義，募集巨額的文學基金，她不計報償地為我的小說的英譯作了精緻剴切的修改和潤色，因為，她說：「我喜歡。」她為〈溫莎墓園〉的英譯的最後定稿，下了很大的功夫，她說：「那是非常快樂的。」她讀我的作品，高度專注投入，在談話中，突然自言自語地驚呼：「啊，『海水牆一樣倒進來』。」（〈SOS〉中的句子）她又建議〈溫莎墓園〉或可改稱〈溫莎墓園日記〉（*The Windsor Cemetery Diary*），我欣然同意，這一改就不是個冷漠的地點而有了人氣、體溫。還有某個細節。小說中寫到一棵樹被大風刮斷了，上面的天空露出來，第二年，別的樹枝又把天空遮住了，波特說：「這很近於李商隱的境界。」而俄國人，從俄國來的馬可（Michel）教授也很欣賞這一細節，說：「有唐詩的美感。」誰的詩呢，他說：「李商隱。」——中國的傳統文化、文學，在本土是斷了，在外域在美國人俄國人的心中仍然湍流不息。

夏倫·白賽特（Sharon Bassett），在上述的「加大」校園中，被尊稱為「最有學問的人」，她讀了〈溫莎墓園日記〉，說：「我喜愛這樣的文體，風格，讀來很感親切。」她是精究普魯斯特的大學者。

在一九八九年前後，已有幾位教授來信，想用我的小說作為講課素材，雖然我疑慮他（她）的譯筆能否濟事，也還是認可，不欲拂人興意。而童明教授是英文本《*The Windsor Cemetery Diary*》的主譯者，他在開講「世界文學」的課程計畫中，擬將我的作品列入，問：「怎麼樣？」我說：「他們都已進了先賢祠，我還在聖米契大道的轉角上晃呀晃的，別急，以後再說吧。」童明道：「哪來那麼多的以後，你以後得還不夠麼？」——話說在NDQ（《北達科他文學季刊》的簡稱）發表〈溫莎墓園日記〉等文之前，童明曾向校長遞呈「世界文學」課程的計畫大綱，涉及我的作品時，校長閱〈溫莎墓園日記〉才兩頁，就對童明說：「能不能請這位先生來我校講課？」童明答曰：「他專心於寫作，恐怕不會來的。」校長就授命他作一次專訪，成一篇「對話」（即本書第四篇〈仲夏開軒〉），童明知道「哈佛」曾邀我作「駐校」而我未同意，故代我推卻免多周折，而這次他可不讓步了，說：「既然〈溫莎〉、〈空房〉、〈對話錄〉都已發表，情況方興未艾，你就讓我正式開課吧。」

事後，童明來電話急匆匆地說：「非同小可的成功啊，學生、研究生、外國學者都聽得出神了，課後議論紛紛，請求我再講、專講，他們驚喜中國作家寫西方寫得這樣博大精深……」我說：「那是你的成功，祝賀你。」他說：「事實就是這樣，研究生的論文我挑幾篇寄給你，他們都希望你來作一次講演，噢，要不要我再說得更詳細一些？」我說：「不，不必了，還是讓他們知道得更詳細一些吧。」——他是在跟我鬧著玩，用了勃蘭兌斯與尼采的典故，十九世紀的丹麥，是勃蘭兌斯率先將尼采哲學請進大學課堂的，引爆了北歐青年們的激情和狂想，勃蘭兌斯興奮地報訊於尼采，尼采說：「你能不能再說得更詳細一些？」——這下子尼采可軟弱了。

私人曙光

上述種種瑣事，只作「資訊」、「數據」論，其資訊性是：在西方的某些學府中，有某些西方人，在為我的「文學」而波動。其數據性是：多數的誤解曲解，與少數的理解剖解，正顯示著趨向而形成反比，前者是 Decreasing，後者是 Increaing，東方的中國的文化斷了，無視文學，視而不見，我的作品既已淡出，就無所謂誤解曲解，故曰下降。西方的美國的文化沒斷，我一轉身而面對面，即聞鳥語花香，故曰上升——雖然我早有預感預見我的藝術的磁場在於西方，但也可以說是局勢局面逼使我向西方尋找讀者、朋友（參見本集附錄之二〈有朋自西方來〉）。際此，儘管我素鮮慎終追遠的愛國之心，亦不免有「報國無門」的淒然一笑。

生在十七世紀可能是個苦行僧，生在十八世紀可能是個啟蒙運動者，生在十九世紀可能是個花花公子，我寧願生於二十世紀初葉，得以目睹法西斯的滅亡，基督的敵人敗績了，但不幸也看到藝術被蹂躪，文學奄奄一息。

科學的探索，從宏觀世界進入微觀世界，從微觀世界的慢速現象進入微觀世界的高速現象。我們對宇宙、對生命，知道得多些了——這，理應是一個供人思想的雄猛精進的偉大時代，但沒有邁跡的思想家，沒有觀念世界的航程上的甲必丹（Captain），只多冶蕩眾生的術語名詞的江湖雜耍，唯海德格循哲學之迴旋而皈依文學，隱居黑森林，好像是一種白茫茫的懺悔，然而哲學家要做詩人，比駱駝穿針孔還難，「人類詩意地活在地球上嗎」，人類正在把地球上的詩意摧毀殆盡。我們是因為所求的「詩意」已自抑到最低限度了，因而看起來勉勉強強還像個搖搖擺擺的

「人」，那些與我敘文學家常的美國人英國人德國人俄國人日本人，年齡大致相仿，一群二次大戰時期的兒童和少年，送行的時候揮手帕，大而白的手帕，吹口琴，唱驪歌，火車站上的小販叫賣食品，郵輪離埠五色紙帶飄揚，答答的馬車沒幾年就不見了，汽車是方方的，街燈是煤氣的，我們是癡心妄想的……而今不約而同地老了，衣著仍然很講究，從髮梢到鞋尖一絲不苟。

我恨這個既屬於我而我亦屬於它的二十世紀，多麼不光彩的喪盡自尊的一百年，無奈終究是我藉以度過青春的長段血色斑斕的時光，我，還是，在愛它。

政治經濟是動物性的，重於戰術。

文化藝術是植物性的，重於戰略。

當我把這個觀點以對話錄的方式，表露於西方的作家、學者、教授的面前時，他們的認同是由衷的，他們的感喟是深沉的，彼此甘願為此「植物性」、「戰略性」而堅持一日之健在，如果世界上沒有植物，那麼動物也將絕跡。我與西方的朋友們共同祈禱，這是一場植物性戰略性的文學安魂彌撒，「本來一場彌撒就夠了，人們不信，所以彌撒做了又要再做」，二次大戰的烽火狼煙中，一位法國朋友對我如是說，我十七歲，他七十歲。

我說：「歐羅巴文化是我的施洗約翰，美國是我的約旦河，而耶穌只在我的心中。」（I would have to say that European culture is my John the Buptist, the United States is my Jordan River, and Jesus lives only in my heart.）

我又說：「你可曾覺得二律之間有空隙，那終於要相背的二律之間的空隙，便是我遊戲和寫作的場地？」（Did you ever find there is room between the two opposing rules is the ground where I play and write.）

曾記得十九世紀臨末時的一代智者們，恭恭敬敬把二十世紀稱作「新世紀」，曙光到來，多少美好的希望，這些善男信女被後人叫作「理想主義者」，而我們才是本世紀的當事見證人，我們可不肯再奉二十一世紀為「新世紀」，也不期望有何世界性的曙光出現。二十世紀明明辜負了十九世紀的寄託，是對不起十九世紀的。

夜未央，我望見的只是私人的曙光，手帕般大的，魚肚白色的，不過我還是欣欣然向它走去。

我可不是理想主義者，我是從急驟墮落的東方文化的絕境中，倉皇脫越而來到西方的，西方文化也在衰頹，然而總要尊嚴些，舒徐有致些——就像從一隻快要滅頂的破船上跳到另一隻緩緩下沉的巨輪上，甲板雖已傾斜，尚可坐下來寫些短詩。我貪婪於攫取時間和空間，這是生存的要素呀。

幸與不幸，都只在於我的人和我的藝術是同義的一元的，以十六年的時光和精力，稍稍兌現了初諾撫平了宿願，我可以將已出版的書視作累贅而推開不顧，獨自空身朝前走去，望著手帕般大的一方曙光，現代人早已不用手帕，所以不知道私人的曙光有多大。

一九九八年十月四日

附錄

戰後嘉年華

二次大戰結束，中國內爭繼起，哪有嘉年華可言，而是個人的青春期，一半雖被灰燼淹沒，還剩一半算是劫後餘春，兀自蓬勃不已。現在回想起來，不無「好時光」的感喟。青春，理應是迷離惝恍的，在追思中卻顯得水清見底，那「底」，都分別超越了個人性，像碎鏡子中的紛紜世界，一片一世界，加起來，通常就把它們叫作「時代」。

幾年前《雄獅美術》編輯先生來紐約時，興奮而懇切地邀我寫點「中國近代美術史」那樣的東西，我語焉不詳地道了數則苦衷。編輯先生慰勉有加、色辭動人，似乎是非寫不可的了。然而真要投入作業，那便得：

制高點破共識事解構臧否人物……

好一役大陣仗。蓋治美術史，其實與修國史的原則並無二致，通之也罷，斷代之也罷，總歸要：

別嫌疑定猶豫明是非善善惡惡……

事情十分麻煩，而且，政治上倒可不以成敗論英雄，藝術上則非得以成敗論英雄不可。「意識形態」云云，已是強弩之末。可怕的「媚俗的潮流」（Tide of Kitsch）早就成了集體潛意識，這種「史」呀「論」呀的大塊文章，最惹眼，容易觸犯潮神和弄潮兒。對付「俗」，明哲的態度是：你媚，我不媚，你有四面楚歌，我有三千弱水。生逢商品社會文化工業的盛世，誰家出了良史之材，可去記記日記，或兩三子晤言於一室之內，私下自還公道，願亦足矣。

於是，決定不擔當「大題目」，心弦為之一鬆，而稿約不可不償，便改道寫寫我所隸屬的那代人中之美術青年們，是怎樣囂騷渾噩過來的。所見有限，且故意自限，悄然避開當時或後來號稱「大師」、「名家」之流者，否則又要涉嫌「中國近代美術史」了——吾祖籍紹興，暫貽「會稽雞，不能啼」之譏，是頗為剴切的。將來呢，要啼也得別有個啼法。

我曾見的生命，都只是行過，無所謂完成。

日本侵占中國江南，始時國民紛紛逃難，到了全部淪陷，人們又各回故鄉，謹慎苟且度日，忙於對付各種苛捐雜稅，臉色凝重，道路以目。大小城市百業蕭條萎頓，偶有偽飾的繁華，所謂「共榮圈」的騙局把戲，顯得力不從心，心不從力。被侵略者與侵略者都漸漸知道局面既長而不會維持太長，你的好夢就是我的噩夢，那麼你的噩夢便是我的好夢，一種駸駸八年變得又僵硬又軟靡的等待心情，彌漫整個江南。亂世必有的普遍的虛幻感，使「時值非常，一切從簡」成為那年月最流行的禮節性的託辭。自然景象雖則四季如儀，而清明節掃墓，同時祭奠為國捐軀的陣亡將士，中秋節賞月，家破人亡能有幾處稱得上團圓，山川卉木都一色憊頓恍惚，是人的心情的投影吧。而我的年齡規定我沒心沒情，天資魯鈍，稍遇凶釁便如魚失水。也因為我已一廂情願地沉湎於藝術的水裡了，可是我還沒有鰓，只宜浮穿氽在霧氣絪縕的夢想裡。

抗日戰爭爆發之前的那幾年，中國江南風調雨順連歲豐登，市場一派旺相。每當春秋佳日，坐划子遊西湖，溫颸拂面，波光耀目，那清秀恬靜的白堤上，藝專學生正在寫生，A字型的畫架，白的畫衣，芋葉般的調色板，安詳塗幾筆，退身看看，再上前，履及劍及，得心應手——在我的眼裡，我的心中，這便是陸地神仙。很可能當時我所看到的是個混跡藝專的蠢材，那張風景寫生畫得一塌糊塗，然而我坐在船中，看到的是畫架畫板畫箱畫衣，以及那張玲瓏可愛的帆布三腳凳……

我家坐落於幽僻的水鄉古鎮，難得隨長輩到都市來遊覽。自幼只可能在紙上用水墨寫寫梅蘭竹菊，若要以五色油彩藉麻布表現湖光山色，這輩子，太渺茫了。然而兒童心理匪夷所思，會將其渴欲得到的東西，置於不合常情的高度難度上，假裝畏懼退卻，激起滿心冤憤之氣，看吧，我一定要在西湖的白堤上撐起三腳架，手托調色板，風吹畫衣——兒童的虛榮心結實有力，青春呢，一上來就是反叛，反叛什麼是不知道的，況且那光景青春還沒有來，魚還沒有鰓。

童年的我之所以羨慕畫家，其心理起因，實在不是愛藝術而是一味虛榮，非名利上的虛榮，乃道具服裝風度上的興趣的虛榮，因此仍可還原為最低層次的愛美。西方十九世紀的音樂家、詩人，起初打入我心坎的也是鬱茂的鬈髮，百合花瓣似的大翻領，瀑布般的圍巾，緊身而灑脫的黑外套，認為只要長得稍稍有點像他們的模樣，再加上如此這般的一身打扮，那麼，作曲寫詩是沒有問題的。我之所以艱難困苦，都在於得不到這全副穿著，同樣道理，我之所以不成其為畫家，自應歸咎於沒有畫架畫箱調色板帆布面的三腳凳白色的畫衣，畫，當然畫得好，不好也不要緊，反正已經是藝術家了。

十多歲時讀《文天祥傳》，讀到「自奉甚豐」，覺得很投契，讀到「軒眉入鬢，顧盼曄然」，覺得很漂亮，很喜歡他，再讀到他年輕時有一次走進宗祠，看到先祖們都曾有官銜有封贈的稱號，他歎道：「歿不俎豆其間，非夫也。」我便感到索然無趣

——一是我的年齡使我不嚮往「俎豆其間」，二是我生性頑劣，本能地感到功名富貴很麻煩，勿開心。古代的英雄豪傑似乎在童年就非常自覺，真是這樣的嗎？即使到了現在，我仍然懷疑都是成人灌輸教唆出來的，我也仍然相信小孩子只有虛榮心，一直要虛榮到深感虛榮乏味了，才轉向追求光榮。

故鄉先遭轟炸、炮擊、燒殺姦掠，後來就淪陷了，由汪偽政府組織的「維持會」來撐局面，百姓過的是近乎亡國奴的生活。我們小孩子唯一能做出的抵抗行動是，不上日本憲兵隊控制的學校，家裡聘了兩位教師，凡親戚世交的學齡子弟都來上課，畢竟沒有一般小學中學的熱鬧生動。我就愈加偏愛於繪畫、看課外書。畫，已是「西洋畫」，素描速寫水彩，書，是「五四」以來成名的男女作家的散文和詩，以及外國小說的翻譯本，愈讀愈覺得自己不濟，人家出洋留學，法蘭西、美利堅、紅海地中海、太平洋大西洋，我只見過平靜的湖。人家打過仗、流過浪、做過苦工、坐過監牢，我從小嬌生慣養錦衣玉食，長到十多歲尚無上街買東西的經驗——儘管這樣地慚愧絕望，還是貪看別人精緻豪放的生活，心裡嫉妒得發慌，卻也羨慕得恭而敬之，只指望戰事快快結束，出洋留學是不言而喻的。因為一旦大學畢業，毋需任職做事，閒在家裡當然不如飄洋鍍金。日本太寒酸，美國太粗俗，要去總歸去法國巴黎……十多歲這個年齡的特徵是自卑、妄想，無人處的高視闊步，有人處的沉著寡言笑，實在都是聰明不起來的大志若愚，這樣的一個無知無能的少年終於離開故鄉小鎮，到浙江省會杭州市來了。

什麼原因使我拋棄家庭，憑什麼我能在戰亂之中獨自生存在陌生的都市中，這裡到底不是我個人的回憶錄，只認定要寫的是「藝術」、「時代」，一些人的犧牲，一些人的毀滅，一些人的救贖。

杭州畢竟是「天堂」，至少它曾經是東南形勝三吳都會。我明知國立藝專遷到內地去了，然而我是抱著投考藝專的心情和意圖來的，時常在平湖秋月、羅苑、孤山、西泠印社那一帶踽踽獨行。藝專的學生宿舍是白公祠，住著些小戶人家，兒童在雞鴨群中枯寂地玩耍，門口晾著衣褲、芥菜、筍乾，這景象與「藝術」正相反，唯其相反，使我凝視不去，似乎可以從中討回藝術來。

我幾乎三日兩頭走在白堤上，從來沒有見過「畫家」作寫生，那年月杭州就沒有人畫畫了麼，他們膽小怕事不敢出來嗎？那麼我自己為何不提了畫架畫箱來，柳蔭下擺擺樣子，一酬童年銘心刻骨的夢想呢？但我也竟是一個徒手的步行者。

那時，我對於藝術，除了虛榮，別無角度可以介入，杭州舊書店多多，多到每天只要我出去逛街，總可以選一綑，坐黃包車回來。最嗜讀的是「歐洲藝術家軼事」之類的閒書，沒有料到許多故事是好事家捏造出來逗弄讀者的，我卻件件信以為真，如誦家譜，尤其是十九世紀英、法、德、俄的文學家音樂家畫家的傳記，特別使我入迷著魔。泛覽既多，自以為「雖不中，不遠矣」，實則那時候我幾曾沾著「藝術」的邊？一切都還表不及裡，但「裡」是什麼，四顧茫然，要及也不知從何及起，是故我只能徘徊在「表」上，即使「裡」真的跑出「表」來及我，我也認不得，幼稚無知，導致我剛愎自用，一個人在暗中埋怨：藝術，有「表」就好了，何必要有「裡」呵！

一九四三年，我住在鹽橋附近的「蘋南書屋」，女傭料理日常瑣事，我獨進獨出，一心要做那種知易行難的藝術家，書愈買愈多，畫則全作油畫，走的大致是印象派的路子，喜歡尤特里羅，他的街頭風景，也不是實地寫生的。下午三時至六時，照例在

「思澄堂」范牧師那裡練琴，鋼琴，每月付學費。

藏青嗶嘰學生裝、黑呢西裝、花格羊毛衫、燈芯絨褲子……意思是我當初一襲長袍揖別故鄉的，到得此時在外表上全盤西化了，這是四十年代初的浙江小鎮上所做不到的。某日家信至，內示凡有從杭州回鄉的親戚長輩，都認為我單身在外，無人督導，顯得華而不實——我深感委屈了，與我所夢想的「藝術家」相比，我真是表不及裡、裡不及表……更滑稽的是，我自以為處於「流浪」、「失戀」、「奮鬥」的進程中，藝術家不是都要這樣折騰，千錘百煉，然後一舉成名的麼，家書中之所以有此一番旁敲側擊的「庭訓」，猜想是「蘋南書屋」主，袁老夫子對我的譏評，他是我姊夫的業師，精鑑賞，富收藏，而對「西洋畫」無知識，有成見。我初入「蘋南」，老夫子每來夜譚，看了我帶出來的山水花卉和隸真行草，以為然，孺子可教。不久，我棄長衫布鞋，取西裝革履，滿屋油彩氣味，畫具畫材狼藉，難怪老夫子要在他給我姊夫的信中，來那麼一句「華而不實」。好在他怕聞油彩氣味，夜譚從此不繼。

居有頃，母親來杭州辦事，當然也是為了要看看兒子，我想不免要甄檢「華」與「實」的公案，結果陪母親遊山泛舟，逛街選物之餘，添置了秋冬大衣各一、英國紋皮皮鞋、瑞士名牌金表，還印了幾匣名片，母親說：「先一步步學起來，以後就老練，獨個子在外面，要懂交際，別讓人家瞧不起。」我趁勢問了那譏評的來源，誠然是「蘋南書屋」主人的高見，母親笑道：「真的華而不實倒先得一『華』，再要得『實』也就不難，從『華』變過來的『實』，才是真『實』，你姊夫，實而不華，再說也華不起來，從前你父親是正當由華轉實，無奈去世了，否則我們這個家庭也不致如此，我是說，你要『華』，可以，得要真華，浮華可不是華……」

母親歸去後，我嘗試與杭地的幾許名門世家的子弟輩作交遊。其中擅書畫的那些個，都各有師承，謹守傳統「六法」，一派仿作，毫無才氣，更使我惶惑不解的是，他們在藝術上根本無視「現代」，意識不到歐羅巴（世界性藝術）的存在和發展，而生活享受呢？卻來得個會趕時髦，西方物質文明的種種新鮮玩意兒，他們捷手先得，自命不凡，男男女女湊在一起時，像是談戀愛，又不見得真相干，這種場合和氛圍，使我廢然退出，仍舊回到「蘋南書屋」，在「印象派」、「野獸派」、「立體派」的概念叢裡，走我自以為是的「路」，而且有點明白何以「西湖邊上沒有畫家在寫生」的道理了，既然「藝專」因戰事遷去內地，杭州就沒有主流的「洋畫」，只有支流的「國畫」——我像離群之雁，只等「藝專」回來，才有入群齊飛的可能。而就這樣孤雁單飛，也不失為一種自強的訓練，與所謂名門世家的後代的交遊經驗，使我知道「浮華」真的只是「浮」而不是「華」。

那年秋天，抗日戰爭最後勝利的喜訊突如其來，杭城一片爆仗聲，入夜萬人空巷提燈慶祝，在近乎昏暈的歡欣中，我冷冷地看到一己的命運面臨轉機。

似乎到了這時杭州才有「文化界」，乎地冒出許多畫畫兒的、編報兒的、演戲兒的……大抵兵分三路，一是從內地「大後方」趕程而至，二是在浙江山區作游擊隊於今整編入城了，三是原本隱蔽身分至此就站了出來，反正一時人才濟濟，都顯得精明強幹，唯獨這個蟄居於「蘋南書屋」、寢饋於歐羅巴文化觀念的慘綠少年，一入「文化界」，確實難於適應，但我還是看樣學樣地努力周旋。

很快，杭州成立了「美術工作者協會」，我也就此成為會員，開會時，這些「美術」的「工作者」，個個能說會道，握起手來，緊得發痛，還要上下左右搖幾搖，自道姓名時，叫「阿大」，叫「阿羊」，在畫上簽名也就是「阿大」、「阿羊」，衣著一概平凡樸素，談論所及，「某某，人很熱情」，「這張畫，趣味好」——我不免發愣，「熱情」，怎麼就放在口頭上，「趣味」，我卻看不出來。他們都畫農民、小販、碼頭工人、鄉村集市、城市路邊攤……那事事為首的「阿大」者，畫風很像豐子愷，只是太像了一點，而更多更精彩的是搞木刻的，題材總與「革命」有關，我注意看，覺得自己是望革命之塵而莫及，尤其因為讀過不少俄羅斯小說，「革命」，非常悲壯，非常羅曼蒂克，轉而對於中國式的革命，我有的是好奇心和求知欲，然而一九四幾年那光景，杭州地區的「美術工作者協會」，似乎並無特殊的內在性質，大致是一些畫畫的青年中年人，想在長期的壓抑苦悶之後，吐吐氣揚揚眉就是了。

果然，未到年底，就在民眾文化館舉行了集體性的畫展，參展的作品居然很多，國畫占頗大的面積，而木刻漫畫泱泱乎成了主流，我拿出的幾幅油畫風景，都上選，畫的是樹木、教堂、橋、河，不足指名是什麼地方，似乎巴黎，似乎倫敦，反正從照片上的印象併合起來的。

展覽會很熱鬧。籌備期間我每天去工作，感到自己實地投身社會，又懷疑這種事務性的忙碌算不算「藝術活動」，與之一同工作的幾位年長者，在我眼中都是飽經風霜、深諳人情世故的老大哥，有的似乎病著，有的似乎貧著，我不病不貧卻比他們自卑，因為我幼稚無知，雖然讀書已不算少，可是書本上所得來的有關藝術的常識、知識、概念、觀念，與眼前所接觸的人物事物，全對不上號，「阿大」、「阿羊」、「熱情」、「趣味」等，與希臘雅典、意大利文藝復興、浪漫主義、印象派……毫無關係，他們大概生來就是畫豆腐漿攤、碼頭工人、玩雜耍的。

但我還是很興奮，看到自己的畫掛在牆上，男男女女走過，停步，指指點點——初步圓了我童年以來縈心不釋的「畫家」夢。

接著，便是《東南日報》的報導和評論，認為此次展覽十分成功，選出幾位畫家作為讚美推薦，其中竟然涉及我，大意是那幾幅風景清麗脫俗，且能以中國畫的筆法入油畫，洵為難得云云。

「藝專」遲遲不遷回，「上海美專」倒先復校，登報招生了，我立即去信報名，很快就收到通知，按期去上海應考。在這個號稱人間「天堂」的西子湖畔，我認識了很多人，卻始終無友誼可言，遇事只是在「蘋南書屋」中默默地想，默默地決定，窗下一條混濁的小運河，對岸的織蓆工廠，終日機聲軋軋，景況是很悽愴的，而全憑十八歲這個年齡，使我麻木而自信，不過我隱隱看到母親對世道的估量已不符實際，我父親的一代，確鑿要善於交際，講究體面，而戰後的新生代就全然平民化了，且以此為標榜，為「革命」的前提，我靠在窗欄上凝望慢流的河水，想起那些「軼事」、「傳記」中的藝術家，他們的不幸，也還是幸。

赴上海應考的前夜，我獨自走上湖濱的一家餐館的頂層，算是餞行，要的是西菜，一杯葡萄酒。當年很流行的一個勵志的說法：「過去種種譬如昨日死，未來種種譬如今日生。」我原是覺得文字累贅詞義傖俗，此時想起，倒許為剴切——始於懵懂的虛榮心，胡亂地畫起油畫來，得機會就率爾拿出去展覽，那報載的好評無非是記者的例行故事而已。

除卻個人的短距離的「生世之歎」，「藝術究竟是什麼」這大疑題更使我不安（因為我已經知道藝術是什麼，才決意永別故鄉），到了杭州，先遇的是一夥摩登的紈絝子弟，後遇的是成群「美術工作者」，是八年戰亂使中國自外於世界藝術潮流？抑中國就沒曾進入過世界藝術的行列之中？十八歲的頭腦加上一杯葡萄酒就更糊塗了。

上海是國際性的大都會，冒險家的樂園，一個非魚非龍的年輕人，即將投入魚龍混雜的黃浦灘。「望湖樓」獨自晚餐，極目黑沉沉的夜湖，白堤的柳絲間燈光閃爍，是我離家以後，第一次感到實而不華的悲涼。

上海美術專科學校，坐落於斜橋菜市路底，那是大都會的南邊陲，接近市郊鄉村，空曠安靜自不必說，待到親臨實地，此區域不僅是一個龐雜的果蔬魚肉市場，而且周遭密佈著小吃店、路邊攤、裁縫、鞋匠、菸紙什貨……煙霧迷目，腥騷刺鼻，時值春初雨季，街上滿是人、滿是傘、滿是水潭泥濘、一片可以使街面震動的喧囂市聲——杭州西湖此時柳絲嫩黃，柔媚如夢，這裡可真是紅塵亂世了。

後來才知道起造校舍的年代。斜橋一帶確是樹木蔥蘢、小河流水，遲來者只好俯首認命，命中註定要在人間地獄中追求藝術天堂。

校舍，正面看是一幢相當寬闊的四層西式大樓，無奈臨街，顯得商業氣，黑漆的鐵柵門頗為威嚴，我跨進去的剎那，心想：這是我的藝術之門，門外漢的階段就此結束。抬頭又眺見裡面的照壁上設有長龕，水泥塑出一個「美」字，由肥肥的十二只尖角組成，校徽便採此為圖案。

我本能地推開「會客室」的門，五、六隻雞咯咯亂叫，破舊的沙發上全是雞糞，可見八年抗戰，這裡一直是荒廢著的。

教務處光線幽暗，只有一個臉色蒼白、鬚眉烏黑的中年人，是教務主任，我報名三年制西洋畫專修科，大學程度。

主任一口紹興官話：

「那麼你的高中畢業文憑繳來！」

「我考同等學力。」

「喔……可以可以，可以的，不過，我們這裡學費，每學期要五擔米，按五擔米折價……」

他上下打量我，我一身藏青嗶嘰學生裝說明性不強，便道：

「五十擔我也付得起。」

教務主任笑顏逐開，搓搓手，指指旁邊的椅子：

「請坐請坐，我想，你一定會錄取的，考插班生還是新生，可以住宿，伙食是由學生會自辦的。」

這樣便成為上海美專的一年級學生，從此日益明悟最不懂美術與美術最無緣份的人，都是在美術學校裡。

同時也認為有志於藝術的青年，應得入學校去「科班」一番。學校，是籌備期的「世面」，而且永遠處於籌備期，真刀真槍的「世面」殺傷力太大，學校裡的總還是紙刀紙槍；許多聚在「學校」的名義下，便煞有介事，便可以比較，且是不舍晝夜地在比較，你就能連續收到各種自知之明與知人之明的訊息，是靠這些甜酸苦辣來使天性趨於成熟，「科班」者，意義在於此而非教師的耳提面命當頭棒喝。上海美專無疑是我快樂的淘氣競技場，與往昔踽踽獨行在西子湖畔的慘綠少年已經判若兩人，青春必須動，靜的青春往往流於自殘。

那時的所謂「西洋畫專修」，上午一概是實習課，從石膏素描漸進到人體素描及油畫創作，其他如水彩、粉筆、速寫是間隔性的穿插。下午，理論課，美術史、透視學、解剖學、色彩學，生意清淡，因為翻翻書就可以應付考試，而教師講講就講到物價高、薪水低、老婆又要生孩子，勸大家不要學藝術。實習課的風氣則不然，我至今還流連那時候的學生的生活習慣，晨起盥洗，早餐既畢，換上漿洗一清的襯衫（多數是純白），打好領帶，擦亮皮鞋，梳光頭髮，挾著畫具健步經長廊過走道上樓梯進教室，教授總是先在那裡了，衣著更為嚴謹。我們的C教授終年一身黑西裝，白襯衫、黑領帶，無懈可擊；薄型皮鞋和狹邊呢帽，一望而知是法國帶回來的；右手無名指上白金的鑽戒款式古雅，巴黎十年養成的飄逸深沉，先成了我們的楷模。課間休息時，我們拿出畫冊來請C教授品評講解，他娓娓道來如數家珍，分別等級毫不假借。他認為膽大：大畫家，膽小：小畫家，使我們這群男孩女娃氣壯神旺、自負日高，而論素描基礎之奠定，他又說畫桃子要連桃的茸毛也畫出來，大家又為之瞠目結舌。

同學們，來自各地的青年，說是魚龍混雜，好像只見魚而沒見龍，魚則類別多矣。

本地幫：洋派得厲害，我剛把行李搬進宿舍，便有一位黑膚方臉的矮個兒倚門招呼：「哈囉！我姓堂，勃令堂，抽菸嗎？」

他遞上一包茄立克，我謝了，也通名報姓，他藹然關照我：「閣下初到上海，當然來不及改換新裝，霞飛路馬斯南路轉角上一家叫『雷蒙』的，有一件法蘭絨夾克，我想起來覺得與你很合適，藍的，明線，貼袋，不妨去看看，我有一條領帶很相配，可以送給你。我姓堂，勃令，堂。」

他姓譚，名正明，當時我欽佩感激非常，到底是上海人，如此委婉大方，再看他的髮型打扮無疑是超潮流的，後來日子久了，雖然他的熱誠始終一貫，而我覺得他不是在學藝術，是在學藝術家。另外如姓徐的小貓、姓姚的野貓、姓王的鍋蓋、長腳的黃沙、塗脂抹粉的魏賢，都各有儀態風調，可見先是地靈，然後人傑，把我這種浙江來的嫩頭比得黯然失色。尤其是那位外號「強盜王」的郭姓者，更使我心驚肉跳，只見他頭髮蓬勃、頰鬚鬈曲，而且也戴小小的橢圓眼鏡，活像舒伯特，來校時總是懷抱一疊樂譜，身材魁梧，神采飛揚，直覺得十九世紀捲土重來，於是他閃入琴室，大把大把地猛敲鍵盤；他還寫詩，筆名「奧耶」，自費印了一本集子叫《蔥色的山群》，用紅絲帶綑起來，我誠惶誠恐地開讀：

夜，夢

我拿起調色板的筆

突然我對這些海派人物的景仰羨慕一起垮掉了——本地幫的同

學未必是本地產物，不過是生活在上海的日子久了，或者其家庭已經落地生根了。租界上數十年殖民地的洋風歐雨，再加日本人占領前後的「孤島」妖霧，使年輕一代成為浮離實際的夢遊者，他們不愛「藝術」，只愛「藝術家」，似乎藝術家是可以脫開藝術而獨立的，比我兒時的虛榮心還要空中樓閣、全無根蒂，看著他們的健美活躍、顧盼自雄，我一個也不想接近。

外地幫：浙江、江蘇、四川、河南……以浙江來的居多。諺曰：「鄉下第一，跑到城裡第七。」使人覺得他們會不會走錯了校門，然而他們個個臉色凝重地下功夫了，不是藝術上的功夫，而是怎樣做個「上海人」的功夫。三年後，仍然一望而知「鄉下人」，鄉下人本來沒有什麼不好，鄉下人要學上海人而學不像就顯得彆扭，頗有幾個民間詩人，筆名「白花」、「白草」、「白影」、「白痕」的，一樣練鋼琴，畫希臘雕像，在浴室中唱起歌來，分明是：「三輪車上的小姐真美麗，西裝褲子短大衣……」他們人數多，做事克實，聯絡密切，占上海美專的半邊天，使本地幫的勢力日見萎縮，而這也是時代氣數將要轉變的一點先兆。

潛在的還有兩類神祕人物，一是「職業學生」，由執政黨指派在各大專院校的特工人員，另一是「文藝工作者」，外地來的搞木刻漫畫的同志，已經有協會、有刊物、有知名度，一身藍布學生裝，車胎厚底的皮鞋，速寫夾子是用粗麻布包起來的，讀魯迅的書，時事精通，消息靈通。但素描很難得到門徑，因為他們已經在「創作」了，希臘羅馬，裸裎的人體，與工人農民實在格格不入，不入也罷。

與「海派」的輕薄花俏相比，此類「文藝工作者」就顯得樸實正經。他們較年長，有相當豐富的社會經驗，因而深諳人情世故，看準中國將要「大變」，他們選擇的是「大路」，無疑算得是胸懷「大志」的了，他們自有駕輕就熟的生活方式，幾個「自己人」聚在寢室裡，男的旁邊是女的，女的旁邊是男的，差不多全屬同鄉，抽菸，打趣，一碗陽春麵你吃一口我吃一口，蔥油大餅我半只你半只，煙霧彌漫，人形東倒西歪……萬一你有什麼事找他們，敲敲房門，裡面就轟然大笑，認為外面敲敲門裡面說「請進」是「資產階級」，而他們自己是直闖別人的寢室，根本不先叩門，以示與「資產階級」決裂。

這樣，那樣，我從杭州來，但不屬外地幫，我幼年生活在上海，卻自外於本地幫，我無黨無派，與「職業學生」素無瓜葛，我嚮往「世界大同」，難於與不懂禮貌的「文藝工作者」廝混——我是快樂的，沒有虛度嘉年華，我受的藝術教育少量是在校內，多量是在校外，校外之外就茫無際涯了。

上海交響樂團成員多數是西歐人，指揮者富華，英國籍，每週之末在法租界「蘭心劇場」演出。「蘭心」純為法國小劇場古典風格，衣帽間、休息廳、盥洗室，整潔優雅，一落大派——我青春年月的聖地，藝術的禮拜堂，不僅指揮、演奏夠水準，聽眾也夠水準，衣冠濟楚，舉止文靜，曲目編排也極有系統，國際著名大演奏家蒞臨申江，就是由這個管弦樂隊伴奏。

赴「蘭心」，我們習慣步行，菜市路雜亂不堪，一上辣斐德路便漸入佳境，再經法國公園，呂班路，霞飛路，連綿的法國梧桐的綠蔭，而「蘭心」所屬的慕爾鳴路是法租界的精華之地，書店、時裝店，一色巴黎情趣，淡雅怡靜，好像不準備做生意。學生時期最寶貴的是「無憂無慮的心情」，青春都具有不知從哪裡來的「錦繡前程」的保證，誰都是天才、準天才，天才的偌大的萌芽，藝術殿堂門戶洞開，隱隱望見其中有自己的位置，我們真是把「人生」誤作為一場音樂會了，哪裡就想得到不出五年十年，自己要為「藝術」而身繫囹圄、而絕望投海。我們被那些演奏家、指揮家騙了，被「蘭心」朦朧的燭形壁燈、鈴蘭和康乃馨的甜香迷了心竅。但是，當時只知「藝術」使人柔情如水，後來浩劫臨頭，才知「藝術」也使人有金剛不壞之心，每次音樂會終場出來，夜深街靜，滿身的音符紛紛散入黑暗的涼風中，肉體在發育時期感到肌腱微微脹痛。智力在充實催酵，也有微微的脹痛，別人從音樂中得到什麼我不知道，我得到的是道德勇氣，貝多芬曾經用文字直白說出來的。

一九四六至四八年，中國大部分地區的文藝狀況有點像俄國十月革命的前夕，西方個人主義的哲學思想所凝結的文藝作品，偏偏在這集體主義行將駕到的當口橫斜激蕩起來，像是天鵝絕唱，像是西風殘照，好些西歐的文學名著駸駸然翻譯而出版。執政黨認為這類書多也無害，在野黨認為這類書愈多愈好。所謂無害，是個人主義不可能動搖江山；所謂愈多愈好，是民主傾向的個人主義者最容易上當受騙，被牽著鼻子走而還要提供別人的鼻子。讀者呢？青年正處於苦悶徬徨之中，矯健的一類夜奔「革命聖地」，或化名轉入地下「工作」，荏弱的一類心嚮往之卻走了邊門，他們認作「革命」、「先進」、「民主」、「自由」的配套概念，其實是無政府主義色彩的東西，是白面書生戴紅帽，非常羅曼蒂克的。霞飛路呂班路角子上有一家「生活書店」，規模不小，明朗有格調，新書連連上市，譯筆精到，裝幀清麗，這又是我們無知青年的福地洞天。西風東漸，漸到這時節可不是「五四」當年的ＡＢＣ了，大學生已能搖搖晃晃地迎風獨立，結結巴巴地各尋宗旨，這是表面之現象，內在的性質卻是青年們還不知取捨而忙於取的取、捨的捨，先知先覺者不知不覺地被潮流捲去，果然三年容易，第四年就東風壓倒西風，那些西方資產階級反動腐朽沒落的玩意兒不見了，書店也不見了，後來那轉角上開出一爿綢布店，雖然也是五色繽紛，不復是民主色彩、個人主義色彩了。

上海之北虹口區，向來是日本僑民聚居之地。太平洋戰爭結束，日僑一概踉蹌歸國，臨走匆促，剩下的物件用品，堆積如山，經商販粗略整理，羅列在虬江路的一片廣場上，規模洋洋大觀——這又成了我們不必冒險即可進入的樂園。各種美術道具、各式古典摩登的書框，從希臘、埃及到意大利文藝復興、浪漫、印象、野獸、達達、抽象……一路下來的各流派的畫集《世界美術全集》，價廉物美，如夢是真；還有大量的唱片，可以挑選你最喜歡的樂隊、指揮家和演奏家，譬如貝多芬的「第五交響樂」，我買得六個版本，聽六位指揮六個樂隊的較量，對著總譜，大體上我知道「命運」是怎樣一回事了，這樣就迫使我逃掉下午的理論課，直奔虬江路。不能不佩服日本人在接納西方文化這一維新大業上，投入的功夫之大之專之精，單以這個地區性的廢品舊貨的市場而論，中國近百年來出版印刷的業績，加在一起也無可與之倫比。同學們都瘋狂選購，「戰利品」雇車載回來，以致學生宿舍中家家戶戶堆滿畫冊唱片。

上海的私立學校，社會輿論稱之為「學店」，校長是老闆，教師是職員，學生是顧客，名義是「作育英才」、「讀書救國」，實質是謀利斂財，誤人子弟。理科工科文科的私立大專固泛泛如此，上海美專雖不例外，而我卻十分讚賞它的傳統作風，那就是：雖然沒有什麼可容可包卻儼然兼容並包，雖然無所謂學術自由你完全可以學術自由，就是由你自己去好自為之，這倒不期然而然地遵循著蔡公孑民先賢的遺箴。對於頑劣成性散蕩成習的我，天時地利人和足夠足夠了，我在上海美專所享用到的「自由」，與後來在歐美各國享受到的「自由」，簡直天海一色，不勞分別，如果你有一分才具，那麼再加一分自由，別的還要什麼呢？美術學校的概念是畫室、圖書館、宿舍、食堂、衛生間，就好了，教師的話中聽則姑妄聽之，不中聽的他自己聽，「自由」，就是誰也別奈何誰。三年五載生息其中，是一枝玫瑰便會開玫瑰花，園丁的臉是不像玫瑰花的，所以我至今還在喜歡還在感激上海美專，那光景，學生奇裝異服、瑋意琦行，一概不遭物議，遲到缺課只要繳足學費安然無恙，大意是：沉者自沉，浮者自浮。校長教授就此特別顯得慈眉善目、神閒氣定，師生相敬如賓，宿舍簡陋，食堂寒傖，那你可以自己去租房，可以上白俄開的小西餐館，或者說到底，學生時期的艱辛是必修是「天降大任」之關鍵一課，缺了倒是難補的。

我要心香輸誠謹致悼詞的是美專的圖書館的夜晚，壁上掛著林布蘭的大幅油畫，德拉克洛瓦、基里訶、柯羅、塞尚、梵谷……是西歐的職業性臨摹品，功夫極好，直逼原作，其他是前任和在任的教師的代表作，代表他們個人的黃金期，等於告知：後來這些作者愈畫愈那個了。

一壺咖啡，一袋鄰近的泰康公司剛出爐的體溫猶存的奶司餅乾，燈光安謐，作為戰利品的諸大畫冊平平攤開，外面是菜市路，老式有軌電車噹噹價響，嘶嘶地駛過，嚴閉的窗戶使大都會的市聲營營然和悅可愛，意味著俗者如斯夫不舍晝夜的必要性。這兩間立滿書櫃陰森屋子，常由我一人獨占，我亦只亮一盞燈，林布蘭的韓德瑞各（Hendrickje Stoffels）憑窗相望，柯羅的樹梢如小提琴的運弓，塞尚的蘋果一副王者相，基里訶的木筏欲沉不沉。本地的走讀生回家吃好飯好菜去了；「外地幫」要麼在寢室裡開下流玩笑，要麼混跡遊樂場，「夜上海，夜上海，你是一個不夜城」，等等；「職業學生」拉胡琴，喝五加皮，洗腳洗襪子；「文藝工作者」有的去探望已婚的未婚妻之類，有的參加協會的討論，「目前形勢和我們的任務」極為重要。其實每個人的道路都是曲折的，前途呢？無論如何自以為是光明的。

年輕，真像是一個理由，一個實際上毫無用處的理由，而且當時也惘然不知用這個理由去年輕個夠，我只懂得獨白利用圖書館的桌椅和燈光。在校外是匆匆的吞食，在圖書館才開始靜靜地反芻，再則電燈壞了的琴室中燃燭而彈奏的夜晚，杜美路藍頂教堂邊電影院連看七遍《羅密歐與茱麗葉》的夜晚，萬國公墓月光照著大理石天使的翅膀的夜晚，風雪交加竄進「亞洲」西餐館羅宋湯加牛排及沙拉的夜晚，寒暑假回西湖「多謝長條似相識」的孤山背坡的夜晚，好像我是憑夜晚而長大的。大白天，社會、人性、哲學，鍛鍊周旋，消耗甚巨，所以只能在夜晚成人長大。

一九四九年後，上海美專變為華東藝專，地點已在無錫，再變就變成南京藝術學院，顧名思義是在石頭城了。一九八一年秋，我在南京的醫院中會晤謝海燕先生，老校長一見就叫響我的名字，藹然前輩之風使我感到自己仍然是不安分的壞學生，於是紛紛揚揚地共懷一番舊：包了火車去旅行寫生哪！蔡先生的那些話到了今天反而更有現實意義哪！醫生著護士來干涉，我們抗命又繼續半小時才悵然結束。回上海，故意選定初春的雨日，驅車去菜市路，一路的地名歷歷在目，景物也依稀如舊，近校情怯，我提前下車步行過去，東一條街，西一條路，弄堂也不缺少，就是沒有那幢深灰色的四層樓，問問附近店家，「什麼上海煤磚」，似乎很生我的氣，我情怯而膽也怯起來，只好立在綿綿的春雨中，定心凝神，捉摸方位，徐徐認出那一座方頭方腦的有門無窗的冷藏倉庫，便是當年的上海美專了。如果改建為別的民房或商店，也許還能走進去，搭訕著瞧瞧內裡是否猶存若干舊觀，唯獨這龐大的倉庫，使我的記憶力和想像力只能死限於嚴寒和漆黑……一切建築物中，以冷藏倉庫最為飽脹、窒息、顢頇無情。

「我曾見的生命，都只是行過，無所謂完成。」

人們不介意這句話，我又何嘗不知有的生命確實是完成了的。在世界各國的名城首都，我巡禮所及，多的是完成了的、永恆了的生命的化石或結晶，然而近百年來的中國卻無此等景觀，上海美專的消失，只是極微弱的象徵。「蘭心」也曾除名，現在又復了名，倒顯得有表不及裡的反諷意味。「早知今日，何必當初」是一番得理的感慨，「早知當初，何必今日」是一點忘情的滑稽。歷史這種東西，即使短短一段，也充滿寂寂的笑聲，多少人還想以「行過」算作「完成」，其實稱之為「行過」，乃是為沒落者代庖措詞，所以還想重複說：

「我曾見的生命，都只是行過，無所謂完成。」

以示我希望有所「完成」的個人和時代的出現，這是一個額外的殘剩心願，揮之不去，草此蕪文，時美東風雪，一九九三年歲云暮矣。

附錄

有朋自西方來

木心珍貴的文友們

童明 輯譯

羅伯特・康蒂（Roberto Cantie）（加州州立大學洛杉磯分校南美洲文學教授）

康蒂致童明的短簡（一九九八年八月十日）摘要：「星期六夜色未央，其實已經是星期日了，此時此刻，世界必得停下來，讓我講幾句對木心表示欽佩的話。」

康蒂的書面評語：

「木心在接受童明的採訪時，坦言了他的衡人審世寫小說，用的是一隻辯士的眼，另一隻情郎的眼，因之讀者隨而藉此視力，游目騁懷於作者營構的聲色世界，脫越這個最無情最濫情的一百年，冀望尋得早已失傳的愛的原旨，是的，我們自己都是『他人』，小說的作者邀同讀者化身為許多個『我』，『文化像風，風沒有界限』（木心語），這是一種無畏的『自我飛散』（A Personal Diaspora），木心以寫小說來滿足『分身』、『化身』的欲望，在他的作品中處處有這樣的雋美例子，『雙眼視力』是個妙喻，而受此視力所洞察所瀏覽的凡人俗事，因此都有了意想不到的幽輝異彩。」

魯賓・昆泰羅（Ruben Quintero）

（十八世紀英國文學專家、蒲伯文學資深學者，加州州立大學洛杉磯分校英語系教授）

木心的〈溫莎墓園〉，昆泰羅一讀傾心，低迴激賞不已，他說，這篇小說層次深邃，意象豐盈，陳述的情愛是世所罕見的一類，因為已滲入「他人」的哲理意境，故而卓具宗教性，那個善思索的敘述者並非單純是木心本人，乃是木心在控制宗教情操的臨界密度上的矜持和承諾，大顯了他精湛的藝術手段，唯其剴切中抱，小說中的「我」宛如作者的分身化身，木心既是輸誠相與，又在力度上頻頻展施反諷（Irony），例如生丁的翻身所形成的輪迴，意味著觀察者與被觀察者的宿命易位，主體與客體無窮的可轉換性，及至小說的結尾，敘述者落得被「他人」窺視著了，此中含義，莊嚴沉摯不可方物。

昆泰羅在評價木心的〈答客問〉（本書第四篇〈仲夏開軒〉）時，他這樣寫道：「木心是大智者（a Sage），他的語流迴環浩蕩，浚泓無底，唯其機智而曠達，所以他洞察世物鋒銳無阻，使人覺得他是在啟示錄的邊周逆風旋舞。」

提摩西・斯蒂爾（Timothy Steele）
（美國新形式派詩學健將，加州州立大學洛杉磯分校英語教授）

斯蒂爾說：木心的小說，以穩健含蓄的筆致，喚起宏麗敻渺的想像，這一文體的品質是極為寶貴不可多得的，讀木心的小說，每每使我想起霍桑，兩者很不同卻又很相通，這種感應、共震，真是微妙，令人難以為懷——生命看如平凡，但在煩瑣的麻木的表面之下，潛伏著無處不在的神祕感，噴薄湧動，不舍晝夜。

我著手迻譯木心的部分作品是在一九九四年夏天，九六年秋，我收到美國《北達科他文學季刊》（簡稱NDQ）的主編、小說家羅伯特．路易士的信，他說：「編輯部對寄來的兩篇木心小說的英文稿非常喜歡，決定採用。」並且問，「你可否再多寄一些（木心的作品）給我們？」一九九七年春季號NDQ以首席版位發表了木心的兩篇小說，及十二題長篇〈答客問〉。NDQ的編輯按語的開頭是這樣寫的：「這一期本來是沒有什麼特別，後來收到了木心的作品而變得特別了。」

唐納德・強肯斯（Donald Junkins）（新英格蘭著名詩人，麻州大學英語教授）

強肯斯讀了木心短篇小說的英譯本後，在電話中以興奮的語調說，他原是很喜歡短篇小說這一文學形式的，但十多年來看不到好作品，失望而不再關懷，而今讀到木心的小說，他陶醉了（Intoxicated），讀了又讀，覺得篇篇精彩，「說不定出現偉大作品的時代又要來了」，詩人強肯斯如是說。

今早（八月十二日）接強肯斯的電話，說他正在寫一段對木心的評語，讓我再給他三個星期。

木心作品集——
魚麗之宴

作　　者　木　心
總 編 輯　初安民
責任編輯　何宇洋　施淑清
美術編輯　黃昶憲　林麗華
校　　對　何宇洋

發 行 人　張書銘
出　　版　INK印刻文學生活雜誌出版股份有限公司
新北市中和區建一路249號8樓
電話：02-22281626
傳真：02-22281598
e-mail：ink.book@msa.hinet.net
網　　址　舒讀網http：//www.sudu.cc

法律顧問　巨鼎博達法律事務所
施竣中律師
總 代 理　成陽出版股份有限公司
電　　話　03-3589000（代表號）
傳　　真　03-3556521
郵政劃撥　19000691 印刻文學生活雜誌出版股份有限公司
印　　刷　海王印刷事業股份有限公司

港澳總經銷　泛華發行代理有限公司
地　　址　香港新界將軍澳工業邨駿昌街7號2樓
電　　話　(852) 2798 2220
傳　　真　(852) 2796 5471
網　　址　www.gccd.com.hk

出版日期　2012年9月　初版
2018年9月25日　初版二刷
定　　價　200元
ISBN　978-986-5933-24-1

國家圖書館出版品預行編目資料

魚麗之宴／木心 著；
--初版, --新北市中和區：INK印刻文學,
2012. 09　面；　公分.
ISBN　978-986-5933-24-1（平裝）
855　　101010563